geheimnis

-blind

Karin Pelka

Die Autorin:
1983 im fränkischen Neuendettelsau geboren, wuchs Karin Pelka im kleinbäuerlichen Umfeld auf. Nach einer abgebrochenen Verkäuferinnenlehre drückte sie weiter die Schulbank und lernte schließlich in München als IT-Systemelektronikerin. Seit dem Herbst 2017 lebt sie mit Mann und Kind am Rande des Odenwaldes.

Geschichten übten seit jeher eine große Faszination auf sie aus. Erste eigene Erzählversuche verliefen nach ausbleibenden Erfolgen im Sande. Erst als mit 30 die Midlife-Crisis unerwartet früh zuschlug, entschloss sie sich, das Träumen aufzugeben und mit Stift und Papier Tatsachen zu schaffen.

Mehr über die Autorin und ihre Geschichten unter:

karin-pelka.jimdo.com

geheimnis

-blind

Karin Pelka

Bibliografische Information der Deutschen Nationalbibliothek: Die Deutsche Nationalbibliothek verzeichnet diese Publikation in der Deutschen Nationalbibliografie; detaillierte bibliografische Daten sind im Internet über www.dnb.de abrufbar.

3. Auflage 2018
© Karin Pelka 2015 – alle Rechte vorbehalten.
karin-pelka.jimdo.com

Herstellung und Verlag:
BoD - Books on Demand, Norderstedt
ISBN: 978-3-7392-4422-8

Thyra träumte und es war derselbe scheußliche Traum. Um das Gesicht des Tempelvorstehers zu sehen, legte sie den Kopf in den Nacken. Er ragte vor ihr auf, wie die marmornen Säulen, die so weit oben endeten, dass sie in Thyras Blick verschwammen.

Räucherwerk erfüllte die Luft, auf dem Altar brannten dicke Kerzen. Es war so still im Tempel, dass sie jede Bewegung hörte, jedes Rascheln von Kleidung, jeden Atemzug, selbst das Flackern der Flammen.

Neben ihr schluckte Thyras Vater hart.

„Sie ist zu jung, das weißt du", sagte der Vorsteher zu ihm.

Der Vater antwortete mit einem Nicken.

„Bring sie in zwei oder drei Jahren wieder, dann sehen wir weiter."

Thyra fühlte den Griff des Vaters an der Schulter, der wortlos kehrtmachte, sie mit sich zog.

„Nein!", rief Thyra, riss sich los. Es hallte tausendfach.

„Entschuldigung", sagte sie, als das Echo verklang. „Aber ich gehe nicht. Seit ich zum ersten Mal hier war, wusste ich, wohin ich gehöre. Nichts anderes will ich. Nur in den Dienst Gottes treten. Ihm dienen, um jeden Preis."

Sie ging in die Knie, verlor vor Aufregung das Gleichgewicht und stützte sich mit den Händen ab. Thyra senkte den

Blick auf die spiegelnden Fliesen.

„Ein entschlossenes Kind hast du", sagte der Vorsteher.

Wenn er nur mit ihr reden würde, nicht über sie.

„Steh auf, Mädchen."

Sie erhob sich, versuchte, in seinen Zügen zu lesen. Ein altes Gesicht mit tief eingekerbten Falten und hängenden Backen.

„Wie alt bist du?", fragte er.

„Zehn. Aber ich bin kein kleines Kind mehr, ich -"

„Zehn? Möchte man nicht vermuten bei dem Mundwerk."

Thyra schluckte. Noch zwei oder drei Jahre warten? Das hatte sie schon getan und jeden Tag davon gebettelt.

Der Tempelvorsteher lächelte, streckte die Hand nach ihrem Kopf aus. Thyra unterdrückte den Impuls, zurückzuweichen. Er strich ihr übers Haar.

„Sie kann bleiben", sagte er. „Ich nehme sie als Novizin."

Stumm nickte der Vater, sein Adamsapfel hüpfte.

Er kniete sich zu Thyra hinab, schaute ihr ins Gesicht und öffnete den Mund, um etwas zu sagen. Die Lippen zitterten.

Thyra streckte die Arme aus, umschlang seinen Hals und zog sein Gesicht an ihre schmale Brust. Es fühlte sich schön an, und fremd.

„Du besuchst mich doch", flüsterte sie.

Spürte sein Nicken. Und die nassen Flecke auf ihrem Kleid.

Sie löste sich, der Vater blieb auf dem Boden knien, das Gesicht abgewandt.

„Und du, Mädchen, kommst mit mir. Ich zeige dir deine Aufgaben", sagte der Vorsteher.

Seine Robe raschelte, als er kehrtmachte. Im Luftzug verlosch eine Kerze.

Im Schlaf wand sich Thyra, schlug um sich, versuchte etwas zu packen, um sich daran aus der Erinnerung zu ziehen.

Sie fand nichts.

Das höhnische Lachen, die langen Gewänder, unter denen blasse Leiber zum Vorschein kamen. Der schwüle Geruch, die losen Haare im Mund. Sie würgte. Wollte nachhause - der Tempelvorsteher lachte lauter.

„Wolltest du nicht um jeden Preis diesen Dienst verrichten?"

„Mein Vater -"

„Dein Vater? Der hat dich längst vergessen."

Sie blieb, musste bleiben. Fand keinen Fluchtweg aus den kalten Tempelmauern, ertrug mit zusammengebissenen Zähnen was die Würdenträger des Tempels unter dem Dienst an Gott verstanden und schwor, sobald die Zeit dafür kam, das Geheimnis zu lüften und alles Unrecht zu sühnen.

Im Spiegel streifte Jutta nur flüchtig das strähnig blonde Haar und ihr Gesicht. Die schonungslosen Lichter, rings um den Spiegel aufgereiht, blendeten sie und zeigten alles, was Jutta sich zuhause ersparte. Sie tat, als merkte sie nichts.

Bisher erkannte sie niemanden im Friseur-Salon; es zahlte sich aus, gleich morgens herzukommen. Trotzdem achtete sie auf ihre Außenwirkung, es konnte immer Gerede geben.

Unter dem Umhang staute sich schon jetzt die Wärme. Jutta zupfte den Rocksaum übers Knie, befreite die Hände und griff nach der Illustrierten, die Yolanda dort für sie bereit gelegt hatte. Die Zeitschrift würde sie auch diesmal ablenken.

Summend näherte sich Yolanda, stellte eine Tasse Kaffee vor Jutta. Yolanda besaß eines von diesen Gesichtern, das Jutta gerne besessen hätte: Es sah von jeder Seite im Spiegel gut aus, egal ob sie lachte oder betroffen dreinschaute. Daran änderten auch die rosa und grünen Strähnchen nichts. Eine Frau Ende dreißig, die von Komplexen nichts wusste.

„Hast dir einen schlechten Tag ausgesucht, Jutta", sagte Yolanda. „Es fängt an zu nieseln."

Bevor Jutta antwortete, fügte sie lachend hinzu: „Aber wie ich dich kenne, hast du immer einen Schirm parat."

Jutta legte die Zeitschrift zurück, nahm die Tasse, führte sie zum Mund und pustete auf die hellbraune Flüssigkeit, obwohl sie nicht dampfte. Kaffee und Klatschspalten, beides so widerwärtig wie überlebenswichtig.

„Hm", machte Jutta.

„Ich habe nie einen mit. Vor allem nicht, wenn es regnet", sagte Yolanda.

Jutta nahm einen Schluck Kaffee. Nicht heiß, dafür mit viel Zucker. Die einzige Unsitte, die sie sich zugestand. Ohne viel Zucker brachte sie Kaffee nicht herunter. Jutta stellte die Tasse ab.

„Schneiden wie immer?", fragte Yolanda.

Kundige Finger glitten durch ihr Haar, die Kopfhaut prickelte. Dankbar schloss Jutta die Augen.

„Wie immer", sagte sie.

„Gerne. Steht dir auch ausgezeichnet."

Yolandas Hände verschwanden, Jutta hörte Schritte, dann den heranrollenden Wagen mit Friseur-Werkzeug.

Sie blinzelte, streckte die Beine auf der Fußstütze aus und sah sich verstohlen im Spiegel an: keine berauschende Aussicht. Mit jedem Jahr verknitterte sie mehr, die Augenringe wurden chronisch und der Mund - kräuselte sich.

Das war beim letzten Mal noch nicht! Schrecklich sah das aus, wie bei den uralten Leuten, deren Namen sie demnächst bei den Todesanzeigen fand.

Schleunigst schlug Jutta die Zeitschrift auf. Sie überflog Bilder und Texte, während Yolanda mit dem Kamm auf Juttas Kopf hantierte, einzelne Strähnen fest klipste, ihr

Wasser aufs Haar sprühte und zur Schere griff.

Das satte Geräusch der schnippelnden Klingen, das Prasseln der Haarspitzen auf dem Umhang, dazu Yolandas Summen. Wären nicht die vielen Spiegel ringsum, die vielen Lichter, nicht die aufmerksamen Blicke der Friseurinnen, die Jutta beim verschämten Spiegelblick ertappten, gefiele ihr das Haareschneiden richtig gut.

Jutta blätterte um und starrte auf eine ganzseitige Anzeige: Werbung für die Neuerscheinung der Saison. Den schwarzen Buchdeckel zierte das Bild einer nackten Frau mit Heiligenschein, deren Scham ein blutiger Dolch bedeckte. Darüber in roten Lettern der Titel: „Lebensblut - Teil V".

In Juttas Brust rumpelte das Herz, sie griff nach der Seite um umzublättern, als Yolanda fragte: „Hast du die Bücher gelesen?"

Jutta hielt den Blick gesenkt.

„Am Wochenende fange ich mit dem neuen an - die anderen vier Bände habe ich schon gelesen. Wirklich Bombe, die Bücher", sagte Yolanda.

„Ja?"

„Ja, auf jeden Fall! Ich sage dir, das geht unter die Haut. Wie das Mädchen sich durchkämpft und gegen die Übermacht stellt: Das fühlt sich an, als würde das alles wirklich passieren, als wäre es echt."

Jutta riskierte einen Blick in den Spiegel, erwartete schamrote Wangen, doch Yolanda hantierte fröhlich weiter. Als ihre Kollegin mit einem Stapel Handtücher vorüber kam, fragte sie so laut, dass alle es hören konnten: „Oder, Bine, die Lebensblut-Bücher sind spitze?"

„Na sicher", sagte Bine und lachte.

Juttas Wangen glühten. Mit der Zunge befeuchtete sie die Finger, griff nach der Seite -

„Die Autorin veröffentlicht unter Pseudonym. Oder der Autor, wer weiß. Stellenweise geht es schon derb zur Sache - wer das schreibt, kann nicht ganz sauber sein."

„Ja", sagte Jutta.

„Ist nicht dein Genre, was?"

Yolanda zwinkerte ihr im Spiegel zu.

„Nicht ganz", antwortete Jutta.

Sie stellte sich vor, wie sie das schwarze Buch mit der Nackten auf dem Cover im Wohnzimmer aufs Regal stellte. Neben die farbenfrohen Kinderbücher, die sie in den vergangenen Jahren geschrieben hatte: „Heinchen, das Schweinchen", „als Lukas richtig wütend wurde", die Glückshexenreihe und viele andere.

Dann dachte sie an Holger, der mit dunkelroten Lederschlappen zum Sofa schlurfte, seit fünf Monaten den Frührentnerstatus zelebrierte, indem er sich morgens vor den Fernseher setzte und erst zum Schlafengehen den Posten verließ.

„Schätze mein Mann lässt mich einweisen, wenn ich damit nachhause komme", murmelte Jutta. „Oder er erstickt vor Lachen."

„Die Männer müssen nicht alles mitbekommen. Ich leihe dir nächstes Mal den ersten Band. Ist nichts für schwache Nerven, aber es wird dir gefallen."

Jutta suchte nach einer dieser diplomatischen Entgegnungen, die den Frieden wieder herstellte - für die Kinderbücher fand sie solche Texte immer leicht. Sie schwitzte unter dem Plastik-Umhang.

„Danke", sagte sie, weil ihr nichts einfiel, und rettete sich auf die nächste Seite, bevor Yolanda noch etwas sagte. Hoffentlich vergaß sie die Idee wieder. Besser, niemand brachte sie mit diesen Büchern in Verbindung.

Auf einem Foto schritt ein alternder Prinz mit einer rosigen Frau am Arm eine mit rotem Teppich belegte Treppe hinab. Schon besser.

„Kauf dir doch einen E-Book-Reader", sagte Yolanda. „Dann kannst du auch in der U-Bahn lesen, was du willst und keiner guckt schief."

„Bestimmt nicht! Ein Buch muss man anfassen können, das macht doch seinen Charakter aus. Wohin soll das noch führen? Leute sterben beim Selfie-Knipsen. Schon den Kindern geht der Bezug zur Realität verloren!", rief Jutta.

Ringsum huschten Blicke in ihre Richtung, Jutta zog den Kopf ein und blätterte geschäftig weiter. Hoffentlich erkannte sie niemand, hoffentlich schneite keine Erzieherin oder Grundschullehrerin herein. Viel zu heiß hier drin.

Yolanda schnippelte stumm, bürstete und besah Juttas Frisur von allen Seiten.

„Mit Schneiden bin ich fertig. Magst du mal gucken?", fragte sie.

Das Schlimmste am Haareschneiden: die Frisurkontrolle unter Yolandas Aufsicht. Auf der Innenseite des Umhangs spürte Jutta Kondenswasser, die Röte schoss ihr ins Gesicht.

Yolanda hielt den runden Spiegel hinter sie, damit Jutta ihren Hinterkopf begutachten konnte. Diese Falten um den Mund - Yolanda fielen sie bestimmt auf.

„Perfekt", sagte Jutta. „Wie immer."

Wahrscheinlich, gesehen hatte sie nichts. Nur weg hier, zuhause frische Klamotten anziehen. Hoffentlich roch niemand in der U-Bahn den Schweiß. Vor allem niemand, der sie kannte.

Holger warf einen Blick auf die Armbanduhr, dann humpelte er mit dem Päckchen unterm Arm im Nieselregen weiter. Schnell kam er wegen der kaputten Knie nicht vorwärts, aber er lag gut in der Zeit. Bis Jutta vom Friseur und ihren Besorgungen zurückkam, war er zuhause und alles versteckt. Sie würde nichts merken. Wenn nur das Päckchen nicht durchweichte.

Er erreichte den Hauseingang, schloss auf und fuhr mit dem Aufzug in den zweiten Stock. Im Flur zwang er sich, die Sommerjacke auf den Bügel im Garderobenschrank zu hängen. Sicherheitshalber wischte er die Sohlen mit einem Taschentuch ab, bevor er die Schuhe aufräumte - damit Jutta das nasse Glänzen nicht bemerkte.

Er schlüpfte in die Pantoffeln - halt, den Hausschlüssel aufhängen - dann trug er den feuchten Karton in die Küche.

Zwischen der Kaffeemühle aus Keramik und den getöpferten Bechern, mit denen Jutta das Sideboard verunstaltete, angelte er nach der Schere. Holger zerteilte das Klebeband, öffnete zwei Verpackungsschichten, stellte fest, dass der Nieselregen nur oberflächlich einige Spuren hinterlassen hatte, und strahlte schließlich die Beute an.

Ein E-Book-Reader. Das Display schimmerte verheißungsvoll, er atmete den Duft frischer Elektronik - aber es half nichts, er musste abwarten, bis Jutta das nächste Mal außer Haus ging.

Die akzeptierte nicht einmal eine elektrische Kaffeemühle. Lieber drehte sie ewig an der Handmühle, schüttelte heimlich den Arm aus - als ob er das nicht merken würde. Ihre Kindergeschichten schrieb sie mit der Hand, weil der Computer den Worten die Seele raubte. Oh Mann. Unter viel Protest tippte sie die Reinschriften in den Rechner, damit der Verlag sie annahm.

Und natürlich mussten Bücher zum Anfassen sein, etwas für die Sinne. Was verstand Jutta schon von Sinnlichkeit?

Aber das war einfach Jutta. Mit ihr streiten brauchte er nicht, weil er jedes Mal den Kürzeren zog. Sie hatte viele Argumente gegen die moderne Welt und mit dem Thema Geld setzte sie ihn immer matt. Nein, Jutta erfuhr nichts von Holgers Spielzeug.

Er befühlte das Gehäuse, wog es in der Hand - so leicht und flach, kaum zu glauben - und streichelte den Einschaltknopf.

Es kitzelte ihn, darauf zu drücken, dem Zauber des Gerätes nachzuspüren, von dem Jutta nichts ahnte. Dass sie ihm den Kauf keifend verboten hätte, gefiel ihm.

Er schaute hinunter auf die Straße, keine Jutta in Sicht.

Aber im Licht des Fensters schimmerte der dunkelgraue Rahmen des Readers wie echter Grafit. Ein Prachtstück, und ganz seines. Er hatte es bitter nötig.

Seit er im Ruhestand war, blieben ihm nur die Nachrichten. Selbst über Polittalk und Detektivserien aus den 80ern schimpfte Jutta inzwischen. Je älter sie wurde, desto ernster nahm sie die Frage nach Gut und Böse.

Der Versandkarton fühlte sich wieder trocken an. Das vereinfachte das Versteckspiel. Sorgsam verpackte Holger den Reader wieder, stellte sicher, dass alle verräterischen Zettel, Kabel und Tüten in der Kiste lagen, und trug sie ins Wohnzimmer. Dort konnte er das Versteck im Auge behalten.

Neben dem Fernseher klappte er ein Schranktürchen auf und legte seinen neuen Freund oben in die Kiste mit dem Weihnachtsschmuck. Unter Juttas hochmütige Bücher, die auf Holger herabsahen.

Solange Holger gearbeitet hatte, las er seine Groschenromane und Splatter-Bücher in der U-Bahn oder in der Mittagspause. Er versteckte die Lektüre in der Tasche zwischen den Stundenzetteln, bevor er heimkam, und verschenkte die ausgelesenen Bücher an Kollegen. Nun konnte er alles speichern und behalten - und die Scharfrichterin merkte nichts.

Noch hörte er Jutta nicht an der Tür. Es wäre Zeit geblieben, er hätte auf den Knopf drücken und einen ersten Blick in die Seele des Gerätes erhaschen können. Es juckte ihn in den Fingern, den Reader wieder heraus zu holen.

Besser, er ließ es. Jutta machte oft genug inspirative Spaziergänge, um auf moralisch korrekte Ideen zu kommen. Zeit für ihn, das Leben zu genießen und sich an den Abgründen der menschlichen Fantasie zu weiden. Schöne neue Welt!

Die Knie schmerzten vom Weg zur Post. Er sollte sich besser setzen, zur Tarnung den Fernseher anschalten, das Übliche. Doch in Holgers Kopf wirbelten die nächsten Schritte mit der Vorfreude übers Parkett. Wenn er nun doch noch kurz? Unschlüssig drückte er sich vor der Schranktür herum.

Sobald die Luft rein war, würde er alles herunterladen, was ihm gefiel und von dem heimlichen Konto bezahlen. Er führte das Schatten-Konto extra bei der Sparkasse und nicht bei der Raiffeisenbank, wo das gemeinsame Konto lief, damit sich von den Schalterhengsten niemand verplapperte. Das Arrangement funktionierte schon so lange, wie ihre Ehe. Und reibungsloser dazu.

Ganz einfach, die Sache, nur brauchte er Zeit. Überstürzen wollte er die ersten Annäherungsversuche schließlich nicht.

Holger schlappte ins Arbeitszimmer, wo Jutta ihren heiligen Taschenkalender auf dem Schreibtisch vergessen hatte. Normalerweise trug sie ihn ständig mit sich herum. Zusammen mit dem obligatorischen Regenschirm, Nähzeug und diesen widerlichen Erfrischungstüchern.

Holger schlug die Seite des ledergebundenen Kalenders auf, die das rote Bändchen markierte, und blätterte in die Zukunft. Am Wochenende hatte sie nichts vor, auch in den

Tagen darauf gab es keine Einträge, die auf Auswärtstermine hinwiesen.

Hoffentlich wurde das Wetter besser, so dass sie länger spazieren ging. Holger schaute aus dem Fenster, sah, dass die Wolken sich verzogen und die ersten Sonnenstrahlen in den Pfützen schimmerten. Er lächelte.

Um die Hausecke bog schnellen Schrittes eine schmale, blonde Frau mit verkniffenem Mund, die Handtasche unter dem Arm geklemmt. Jutta.

Holger klappte den Kalender zu, hinkte ins Wohnzimmer, griff nach der Fernbedienung, die ihm fast aus der Hand glitt, und schaffte es gerade noch, Nachrichten auf den Bildschirm zu bekommen, als Jutta in den Flur trat.

Das gleichmäßige Schaukeln hatte sie geweckt. Thyra hob den Kopf und versuchte sich zu orientieren. Um sie herum: Dunkelheit. Kalte, trockene Dunkelheit.

Sie lag auf glattem Boden. Die Bewegung des Untergrundes brachte sie ins Rutschen, sie schlug mit den Knien gegen eine Wand, schlitterte in die andere Richtung, stieß sich den Kopf. Jetzt reichte es ihr.

„He!", rief sie.

Die Stimme klang dumpf. Nichts von ihrem Ruf durchdrang die Gefängnismauern.

„Sie hat es wieder getan, die Schlampe", murmelte sie. „Mich in diese verdammte Kiste gesteckt. Die kann was erleben!"

Thyra ließ sich in eine Ecke des Gefängnisses rutschen, stützte die Hände an die Wand und erhob sich. Sie spürte die Kraft in den Gliedern erwachen, fand die Muskeln kampfbereit, die Wut, die ihren Bauch zum Glühen brachte.

Sie hasste es, eingesperrt zu sein. Sie hatte genug, von

Scheinheiligkeit und Doppelmoral und überhaupt von allem. Nie wieder würde sie einem Wort glauben, nie wieder tun, was nicht ihrem Wesenskern entsprang.

Im Stehen glich sie das Schaukeln des Gefängnisses aus.

Wenn die Zeit kam, sprengte sie den Kasten, egal wie viele Schlösser davor hingen, egal wie dick die Eisenplatten der Wände waren. Dann würde sie rasen wie niemals zuvor, niederbrennen, was nicht feuerfest war und erst ruhen, wenn sie unangefochten herrschte.

Nicht mehr lange, bis ihre Stunde kam.

Das Gefängnis schaukelte sachter. Dazwischen ruhte die Kiste. Thyra hatte gelernt zu warten. Sie würde den Moment abpassen, wenn der Wächter zu schnarchen begann.

„Gibt`s was Neues?", fragte Jutta in der Wohnzimmertür. Holger saß, die Beine von sich gestreckt, den Oberkörper ins Polster gelümmelt, auf dem Sofa. Nachrichten. Er sah aus, als wäre er vom Nichtstun gestresst.

„Hm", machte Holger.

Er starrte auf den Bericht aus Istanbul, den er seit dem Morgen sicher schon sieben mal gesehen hatte. Istanbul, ausgerechnet. Der Vater hatte vor dem Abflug geweint.

Jutta wandte sich ab, legte die Handtasche in die Schublade im Garderobenschrank und stellte die Halbschuhe in den Schuhschrank. Den Regenschirm spannte sie zum Trocknen in der Badewanne auf. Zurück im Flur fand sie ein Päckchen Taschentücher herrenlos in der Ecke liegen und räumte es in die Taschentücher-Schublade.

Vor dem Flurspiegel blieb sie stehen, horchte ins Wohnzimmer. Die Nachrichten liefen noch.

Kritisch betrachtete sie den frischen Schnitt: Das Haar fiel locker um die Ohren und wellte sich im Nacken nach innen.

Wie vorher, nur zwei Zentimeter kürzer. Vielleicht sollte sie doch etwas anderes probieren. Nur, um zu wissen, ob es noch eine Frisur gab, die ihr stand. Oder eine andere Farbe.

Holger merkte es wahrscheinlich nicht einmal, wenn sie schwarz- oder rothaarig nachhause kam. Aber eine auffällige Farbe zu den Mundkräuselfalten - das passte nicht.

„Juttaaaaa-a?", rief Holger.

Jutta zuckte zusammen.

„Was?", rief sie zurück.

Sie hatte keine Lust zu ihm zu gehen und ihn sich anzusehen, wie er selbstgefällig dalag und das Leben als abgeschlossen betrachtete. Außerdem brauchte sie eine frische Bluse und Deo unter den Achseln.

„Was gibt`s heut Mittag?", rief er.

Jutta verdrehte die Augen. Vielleicht war er schon immer so, aber jetzt ging er ihr den ganzen Tag auf die Nerven.

„Gemüsesuppe mit Pfannkuchenstreifen", brummte sie. Sie hatte die Zutaten am Montag dem Wochenplan entsprechend eingekauft. Lieber hätte sie einfach Pizza bestellt. Jutta marschierte am Wohnzimmer vorbei zum Kleiderschrank und zog sich um.

„Ach so", brummte Holger vom Sofa aus.

Außer zu den schweigsamen Mahlzeiten sahen sie einander nicht. Erst im Bett trafen sie sich, als Jutta schon so tat, als schliefe sie. Draußen wütete ein Gewitter.

Klatschnass wachte Jutta auf, rang nach Luft. Das Herz raste. Eine dunkle Ahnung von Nacht und Blut kroch herauf. Das Nachthemd klebte an ihr, roch sauer und muffig.

Holger grunzte unregelmäßig im Schlaf. Immerhin hatte sie ihn nicht geweckt. Einen plumpen Annäherungsversuch á la Standard brauchte sie jetzt nicht.

Draußen prasselte Regen, in der Ferne grollte noch Donner.

Leise stand Jutta auf und schlich ins Bad. Erst dort knipste sie das Licht an und begegnete im Spiegel dem verquollenen Gesicht. Angst flackerte in den Augen, sie zitterte. Es ging wieder los.

Sie zog das Nachthemd aus, wusch den Oberkörper über dem Waschbecken und warf sich einige Hände Wasser ins Gesicht. Langsam verebbte das Zittern, doch das Herz raste weiter.

Es ging los, unverkennbar. Zu der Angst mischte sich ein verbotenes Kribbeln hinter dem Nabel.

Langsam trocknete sich ab, zwang sich, tief zu atmen. Nun musste sie ruhig bleiben, alles vorbereiten. Einen Termin festlegen, dann Holger informieren. In Unterhosen tappte sie in den dunklen Flur, zog die Taschenschublade auf und tastete in der Handtasche nach dem Kalender.

Hoffentlich kam Holger nicht angeschlichen, erwischte sie barbusig im Flur und hielt das für eine Einladung.

Kein Kalender. Sie musste ihn im Arbeitszimmer vergessen haben. Auf Zehenspitzen huschte sie durch die Wohnung, stieß gegen den Schreibtisch und fand endlich den Schalter der Tischleuchte. Dort lag er. Sie blätterte, entdeckte nichts, was sie nicht verschieben konnte und nickte.

Das Kribbeln im Bauch wurde deutlicher, das Herzklopfen kehrte zurück. Angst, ja. Ungewissheit. Aber nicht lange. Bald steckte sie mittendrin und hatte keine Zeit mehr, sich zu fürchten, egal was kam.

Im Schlafzimmer fischte sie mit angehaltenem Atem ein frisches Nachthemd aus dem Schrank. Beim Schließen knarzte die Schranktür. Jutta hielt inne. Holger grunzte lauter, brabbelte etwas von einem Geheimnis und wälzte sich auf den Rücken. Gleichmäßig atmete er weiter. Geheimnisse.

Was wusste Holger schon von Geheimnissen?

Der Regen ließ nach.

Jutta schlüpfte in das Nachthemd und kroch unter die klamme Decke. Morgen musste sie das Bett abziehen, Sachen packen und Holger erklären, dass ihre Mutter sie dringend brauchte. Dann stand nichts mehr zwischen ihr und dem Ungewissen.

Lächelnd lag Jutta wach, der Puls ging viel zu schnell zum Schlafen. Neben ihr gab Holger ein Schnarchkonzert. Vermutlich um die wilden Tiere davon abzuhalten, sein tolles Geheimnis zu fressen.

Jutta grinste. Flüchtig formte sich das Gerüst einer Kindergeschichte, aber jetzt hatte sie Besseres vor.

„Schon wieder?", fragte Holger.

„Warum? Den Fernseher kriegst du alleine an", sagte Jutta.

Holgers Blick zog zu.

„Triff dich doch mit deinen alten Kollegen, geh mal an die frische Luft", sagte sie freundlicher.

Er schwieg, starrte auf die dunkelroten Schlappen. Auf dem Fernsehschirm stumme Nachrichten.

„Wann kommst du wieder?", fragte er.

„Kommt drauf an, wie es meiner Mutter geht. Ein, zwei Wochen bleibe ich sicher", sagte Jutta. Sicher länger, dachte sie.

„Ein, zwei Wochen? Dass ich nicht lache. So schnell warst du die letzten Male nicht zurück."

„Und du hast es immer überlebt."

„Du kannst doch nicht einfach -"

„Und ob ich kann", fuhr Jutta dazwischen. „Das ist meine Angelegenheit. Kümmere du dich um deine Sachen."

Holger nickte finster. Er zückte die Fernbedienung und

stellte den Ton an.

Wie Jutta diese Nachrichtensprecherstimmen hasste. Sie stapfte ins Schlafzimmer, zerrte die Bezüge vom Bett und schüttelte die Decken und Kissen in frische Bettwäsche. Beim Packen der Tasche verflog die Wut auf Holger, machte der Vorfreude Platz.

Zum Geldbeutel und dem Notizbuch schob sie den trockenen Regenschirm in die Handtasche. Die Fernbedienung für das Tor wartete gut versteckt im Seitenfach des Autos, die Sonnenbrille auch.

In ihr knisterte die Aufregung. Nie wusste sie, was geschah. Wie sie miteinander auskamen, wie intensiv die Begegnung wurde: unkalkulierbar.

Vorher sehnte sie sich nach der Ekstase und dem Rausch. Hinterher kam sie erschöpft nachhause, rettete sich mit der Erinnerung über die Durststrecke, bis es wieder passierte. Bisher ahnte Holger nichts.

Es wäre aufrichtiger, es ihm zu sagen, sich seinem Urteil zu stellen und dann weiter zu sehen. Bevor er von selbst dahinter kam. Doch den richtigen Zeitpunkt dafür hatte sie längst verpasst. Außerdem: Wie sollte er es erfahren? Durch die Nachrichten?

Sie schleppte die Reisetasche in den Flur, schlüpfte in die Halbschuhe und warf die Sommerjacke über den Arm. Die frische Frisur saß noch, die Mundfalten auch. Selbst im Dämmerlicht des Flurs sah sie die Linien deutlich, jetzt wo sie wusste, dass sie da waren.

„Ich fahr dann", rief sie.

„Hm", machte Holger.

Er stand nicht einmal auf, um sich zu verabschieden.

Die Tür fiel hinter ihr ins Schloss, die Schritte verklangen im Treppenhaus. Holger schüttelte die Pantoffeln von den Füßen, zog das Hemd heraus und knöpfte die Hose auf. Er holte tief Luft und streckte sich. Herrlich, diese Freiheit am Bauch.

Er verwünschte Juttas überstürzte Fluchten zur Mutter. Sie ließ ihn ohne regelmäßige Mahlzeiten und Ansprache zuhause sitzen, wie ein Haustier, das im Sommerurlaub keiner brauchen kann.

Aber andererseits hatte er nun viel, viel Zeit, sich mit seinem Reader anzufreunden. Es lief besser für ihn, als er gehofft hatte. Nur dass sie ihn so überrumpelte, das stank ihm gewaltig. Neuerdings fuhr sie alle Nase lang zur Mutter, wo sie früher immer Ausreden fand, nicht zu oft hinzumüssen.

Er wartete zähe Minuten, dann hielt er es nicht mehr aus. Im Arbeitszimmer pirschte er ans Fenster und kontrollierte die Parkplätze. Juttas weißer Ford war weg.

Holger sauste ins Wohnzimmer, die knirschenden Knie ignorierend, und befreite den Reader aus dem Versteck. Die Finger zitterten, als er das Ladekabel anschloss. Die Anleitung klappte er auseinander, überflog die Skizzen und Anweisungen, das genügte. Lieber tastete er sich an die Funktionen heran, lernte durch Versuch und Irrtum den richtigen Umgang mit dem Gerät. Fast, wie man sich einer fremden Frau nähert. Wahrscheinlich. Holger erinnerte sich daran kaum.

Im Arbeitszimmer fuhr er Juttas Rechner hoch. Dass er ihn in ihrer Abwesenheit benutzte und hinterher gewissenhaft Browserverlauf und Cookies löschte, wusste sie nicht. Sie wusste eine Menge nicht, die superschlaue Frau.

Holger rief den Online-Shop auf, in dem er den Wunschzettel emsig befüllt hatte, schaute während der Ladezeit noch einmal aus dem Fenster. Ein weißer Ford bog in sein Blickfeld. Starr beobachtete er das Auto. Es fuhr langsam - an der Parklücke vorbei und verschwand in der Nebenstraße. Holger stieß die angehaltene Luft aus.

Er hätte warten sollen, bis sie sicher mitten auf der Autobahn war. Aber er hatte die Warterei satt. Seit fünf Monaten nannte er sich Rentner. Seitdem wartete er. Aufs Mittagessen, aufs Abendessen, auf die Zeit, ins Bett zu gehen. Er wartete auf die Gelegenheit, für ein paar Stunden alleine zu sein und den Hosenknopf offen stehen zu lassen. Er hatte es sich anders vorgestellt.

Mit aufgerissenen Augen starrte sie nach oben, doch das änderte nichts. Es herrschte Dunkelheit. Die Dunkelheit des fensterlosen Zimmers, in dem sie kauerte, wenn sie „frei" hatte. Für ein paar Stunden die Illusion von Sicherheit, was den Körper betraf. Doch was sich durch die Nacht in ihren Geist schlich, war nicht besser.

Erinnerungen, Ängste. Und am schlimmsten: Die Hoffnung, dass der Vater wieder kam. Er musste zurückkommen, dafür sorgen, dass ihr Recht geschah.

Im Dunkeln waberte dieses Hoffen durch ihren Kopf, lullte sie ein - und wenn die Türe aufging, grobe Hände sie ins Licht zerrten, wünschte Thyra, sie hätte nicht gehofft.

Wach und allein zur Untätigkeit verdammt. Zum Schweigen.

Es tat nicht weh. Nicht mehr. Den Schmerz hatte sie hinter sich gelassen. Inzwischen wusste sie mehr von der Welt und den Menschen. Der Schmerz richtete sich nicht mehr gegen Thyra, sie nahm ihn nur auf, bündelte ihn, hegte ihn.

Sobald die Tür aufging, würde er andere treffen.

Jutta fädelte vom Mittleren Ring auf die A9 und drehte die Musik auf. Sie trat das Gaspedal durch, setzte den Blinker und überholte. Mit jedem Kilometer, den sie sich von München und Holger entfernte, wog die Last leichter. Je schneller sie fuhr, desto rasanter schossen die Endorphine durch die Blutbahn.

Vor einem halben Jahr brauste sie das letzte Mal davon, im Winter. Kurz vor Holgers Übertritt ins Rentnerdasein. Die Abstände verringerten sich.

Sie zog an einen Holztransporter vorbei. Ob es gut oder schlecht sein mochte, dass zusehends weniger Zeit verstrich, bevor es sie packte - sie wusste es nicht.

Am Kreuz Neufahrn bog sie auf die A92 und hielt auf den bayerischen Wald zu. Hinter Landshut fuhr sie zum Tanken von der Autobahn, setzte die Sonnenbrille auf und stieg aus dem Auto.

An der Kasse bestellte sie einen Kaffee zum Mitnehmen, obwohl sie schon von ihrem Abenteuer high war, fischte den Geldbeutel aus der Handtasche - jetzt hatte sie den Kalender zuhause vergessen. Beim Eingeben der Geheimzahl vertippte sie sich und fand - durch die dunklen Brillengläser - gerade genug Geld in der Börse, um Tankfüllung und Kaffee bar zu bezahlen.

Mit dem Pappbecher in der Hand tappte sie zum Auto. Ob sie umkehren sollte, um den Kalender zu holen? Stand etwas darin, das sie brauchte, etwas, das sie nicht zurücklassen sollte? Es hupte.

Jutta sprang zur Seite, Kaffee schwappte auf den Schuh. Nein, so wichtig war der Kalender nicht.

Aber sie hätte noch einen Schuss Milch und viel Zucker in ihren Kaffee rühren sollen. Jutta huschte zurück in den Laden, hoffte, dass niemand ihre Schusseligkeit bemerkte -

vor allem niemand, dem ihr Gesicht trotz Brille bekannt vorkam - und machte den Kaffee genießbar.

Als sie weiter fuhr, drehte sie die Musik leiser, blieb auf der rechten Spur. Sie vermisste den Überschwang vom Beginn der Reise. Selbst gezuckert bekam sie den Kaffee nicht hinunter. Und der Gedanke an den Kalender ließ sie nicht los.

Holger lächelte zufrieden, als er auf dem matten Display das Icon antippte und die erste Seite des Buches erschien. Nach gründlicher Überlegung hatte er sich für eine blutige Zombie-Geschichte entschieden, die in dem Ruf stand, schlaflose Nächte und Paranoia hervorzurufen.

Alles hatte reibungslos geklappt. Für einen Technik-Trottel wie ihn, der als Fliesenleger von Berufswegen nie in die Nähe eines Computers kam, ein kleines Wunder.

Er würde die Vorhänge im Wohnzimmer zuziehen, damit die Sonne nicht die gruselige Stimmung verdarb, und sich zur Feier des Tages das erste Bier schon mittags gönnen.

Doch vorher schaffte er besser Karton und Verpackungsmaterial zur Mülltonne im Hof, dann vergaß er es nicht. Den Anfang ein wenig hinauszuzögern, bis alles stimmte, erhöhte den Reiz.

Mit dem Abfall an der Tür des Arbeitszimmers, dachte er an die Anleitung. Die lag noch irgendwo herum. Auf dem Schreibtisch sah er sie nicht, auf dem Boden auch nicht. Er hob Juttas Kalender an, um darunter zu schauen. Auch keine Anleitung.

Sein Blick traf etwas Rotes, das zwischen den Kalenderseiten heraus spitzte. Das Bändchen.

Holger legte den Kalender zurück, zog den Drehstuhl heraus, um unterm Tisch nach der Anleitung zu suchen. Dort lag sie dicht an der Wand. Ächzend kniete sich Holger auf den Boden, krabbelte unter den Tisch und wusste wieder, warum er keine Fliesen mehr legte.

Mit zusammengebissenen Zähnen richtete er sich halb auf, verharrte auf Augenhöhe mit dem Kalender, wo das rote Etwas blitze. Nicht das Lesebändchen, nein. Ein Stück Papier, rot und blassrosa gestreift.

Ein Kontoauszug von der Sparkasse. Einer von Holgers Schatten-Konto. Die Raiffeisenbank druckte auf blaues Papier. Jutta hatte ihn ertappt!

Holger sprang auf. Er schlug den Kalender auf, erwischte die falsche Seite, blätterte hektisch, bis der Kontoauszug vor ihm lag.

Ein Auszug von Holgers Bank. Er musste ihn verschwinden lassen - ohne Beweisstück konnte sie ihn schlecht zur Rede stellen. Wo sie den Zettel nur gefunden hatte? Er hob sie doch nicht auf.

Mit dem Hemdärmel wischte er den Schweiß aus dem Gesicht. Er knöpfte die Hose zu. Vor den Augen verschwamm das Bild, über den Schreibtisch tanzten schwarze Flecken.

Eine Erklärung brauchte er, falls das Dummstellen fehlschlug. Viel bunkerte er nicht auf dem Konto, er hatte immer nur ein bisschen Geld abgezweigt. Zuerst, damit sie nicht mitbekam, wenn er ihr ein Geschenk kaufte. Es schadete auch nicht, sich gelegentlich selbst zu beschenken.

Aber wegen der fünfhundert Euro, die er hortete, brauchte er kein schlechtes Gewissen haben. Er würde den Kontoauszug zurücklegen und abwarten, bis sie ihn darauf ansprach. Wenn es soweit war, dann zitierte er sie. Die einzige Möglichkeit, sie zum Schweigen zu bringen. Wie hatte sie gesagt? Jeder sollte sich um seine eigenen Angelegenheiten kümmern? So ähnlich jedenfalls. Das reichte.

Die schwarzen Flecke verblassten, Holgers Blick klarte auf. Er wollte den Kalender über dem Kontoauszug zuklappen, als er stutzte. Der Betrag. Die Fünf vorne, ja. Aber mit den Stellen dahinter stimmte etwas nicht. Da standen zu viele.

Holger fiel in den Stuhl, hielt den Kontoauszug mit beiden Händen vors Gesicht und schaute. Die Augen flackerten wieder.

Eine Fünf vorne, dahinter zwei Nullen. Dann ein Punkt, ganz sicher ein Punkt. Dann eine Drei, eine Fünf und eine Sieben, das Komma und noch zwei Zahlen, die komplett verschwammen. Eine halbe Million Euro. Er schüttelte den Kopf, kniff die Augen zu und probierte es nochmal. Der Betrag schrumpfte nicht. Mit Holgers Kontoauszug stimmte etwas nicht. Aber dort in der Kopfzeile stand es: Kontoinhaber: Sommer - Jutta. Juttas Kontoauszug! Ein heimlicher Kontoauszug von Jutta. Und auf diesem Konto lag ein Vermögen. Dieses Miststück.

Als sie die Autobahn nach dem Kreuz Deggendorf verließ, auf die kurvige Bundesstraße Richtung Freyung bog und den Blick über die Hügel und Waldflecken schweifen ließ, summte Jutta leise.

Doch die Freude über ihre Flucht stellte sich nicht wieder ein. Es ärgerte sie, dass sie sinnlos Sorgen wälzte, statt die Freiheit zu genießen.

Auf den Abstecher zur Mutter freute sie sich sogar ein wenig. Am besten gefiel ihr an diesen Besuchen, dass sie schnell vorübergingen und danach etwas auf sie wartete, das sie für den Smalltalk mit Mama entschädigte.

Jutta setzte den Blinker, schaltete zurück und bog von der Bundesstraße auf das Sträßchen, das in die Vergangenheit führte.

Juttas Mutter kochte Kaffee. Dann saßen sie eingepfercht zwischen Sofakissen nebeneinander, gabelten Kuchen, den Jutta im Dorf beim Bäcker gekauft hatte, tranken viel zu starken Kaffee aus Goldrandtassen und tauschten höfliche Floskeln. Jutta schielte auf die Uhr.

„Ich muss dann", sagte sie, als sie die leere Tasse absetzte.

„Du bleibst doch über Nacht. Dein Bett ist bezogen."

„Ich komme in den nächsten Tagen nochmal vorbei", sagte Jutta.

„Wenn du schon hier bist, bleibst du auch über Nacht. Wie sieht das denn aus, wenn du ins Hotel gehst?"

„Ich hab gleich morgen früh in Deggendorf zu tun - deshalb", sagte Jutta.

„Von hier bist du doch gleich dort."

„Dann fahre ich jetzt."

„Liest du wieder in einem Kindergarten?", fragte die Mutter und zog die Augenbrauen hoch. „Kindergarten" klang aus ihrem Mund wie etwas Unanständiges.

„Verlags-Gespräche."

„Hättest etwas Besseres anfangen sollen mit deinem Leben, vernünftig heiraten, Kinder kriegen."

„So wie du?", fragte Jutta scharf.

Die Mutter erhob sich, ohne Jutta eines Blickes zu würdigen, und stapelte das Geschirr, dass es krachte.

Jutta rang nach Worten, um ihre Antwort zurückzunehmen.

Die Mutter stob mit dem Porzellan in die Küche, wo sie zu grummeln begann.

Wie Holger im Schlaf, bevor er von Geheimnissen fantasierte. Daraus sollte sie wirklich eine Geschichte machen. Eine mit einem grauen, haarigen Bären, der in dunkelroten Schlappen herum schlurfte. Holger bemerkte die Ähnlichkeit bestimmt nicht. „Bärchen Tapps" - ein schöner Titel. Zeit für die ersten Notizen im Auto.

Teller schrammten über eine Oberfläche, Kuchengabeln klirrten.

Eigentlich sollte Jutta Mitleid mit der Mutter empfinden, die damals allein mit der kleinen Tochter in Deutschland blieb, als der Vater von der Firma für vier Monate nach Istanbul geschickt wurde. Sie vermisste ihn sicher genauso.

Aus vier Monaten wurden sechs, dann zwölf. Dann sollte der Vater ganz dortbleiben. Als die Mutter endlich Flugtickets nach Istanbul kaufte, tanzte die kleine Jutta johlend durchs Haus, berauscht von der Freude, den Vater zu sehen, vielleicht ganz bei ihm zu bleiben. Der Koffer war in drei Minuten gepackt und stand an der Tür zur Abfahrt bereit.

Noch vor dem Abflug beschlossen die Eltern am Telefon die Scheidung. Jutta weigerte sich, den Koffer wieder auszupacken, wartete jeden Tag auf einen Brief, einen Anruf vom Papa.

Eine Tasse zerschellte.

„Warte, ich helfe dir!", rief Jutta und eilte in die Küche.

„Hm", machte die Mutter.

Sie sah nicht aus, als hätte sie in Betracht gezogen, die Scherben selbst aufzukehren.

Jutta fragte sich, ob es an ihr lag, dass alle nur mit einem „Hm" antworteten, während sie die Reste der Goldrandtasse zusammenklaubte. Und ob die Mutter das Porzellan nicht absichtlich zerschmissen hatte.

Der Brief vom Vater enthielt Dokumente zur Scheidung. Und den völligen Verzicht auf das Sorgerecht.

Der E-Book-Reader war vergessen. Holger saß auf dem Drehstuhl im Arbeitszimmer, in den Händen den roten

Kontoauszug. Juttas. Zum Glück einerseits. Andererseits - er überlegte, was er davon hielt. Hätte seine überkorrekte Frau ein paar Hunderter abgezweigt - oder seinetwegen auch ein paar Tausender - er hätte den Auszug zurückgesteckt, sichergestellt, dass keinen Fitzelchen heraus spitzte und geschwiegen. Und falls sie ihn eines Tages zusammenstauchte, konnte er seinen Fund beiläufig erwähnen.

Aber eine halbe Million, das war zu viel. Das war weit mehr, als er je hätte zusammenkratzen können, egal wie viele Überstunden er geleistet, wie viel er schwarzgearbeitet hätte.

Das reichte für eine Eigentumswohnung, sogar mitten in der Stadt. Oder gleich für ein Haus, ein ganzes Anwesen, wenn sie aufs Land zogen. Nichts hielt sie in München. Er konnte Schafe züchten oder Rosensträucher. Irgendwas eben. Eine verdammte halbe Million.

Schließlich tappte er in die Küche, holte ein Bier aus dem Kühlschrank und trank es aus. Er brauchte noch eines. Aber war keines mehr oben. Jutta hätte ihm noch ein paar Flaschen herauf tragen können, bevor sie sich zupfte. Eine halbe Million, unfassbar.

Holger steuerte den Aufzug an, fuhr mit offenem Hemd und geschlossener Hose in den Keller und schaffte den ganzen Kasten in die Wohnung. Fluchend wuchtete er ihn auf die Arbeitsfläche in der Küche, damit er sich nicht für jede Flasche bücken musste.

Jutta würde ihn verwünschen: der schmutzige Kasten auf der Arbeitsfläche. Vielleicht ließ er ihn dort, bis sie nachhause kam und deswegen einen Koller kriegte.

Das Belohnungsbier für die Schinderei trank er kellerwarm. Nebenbei schaffte er im Kühlschrank Platz, um möglichst viele Flaschen darin unterzubringen. Den Thermostat drehte er auf zwei Grad herunter.

Das beruhigte ihn; ein gutes Gefühl etwas zu erledigen. Er klappte den Kühlschrank zu, tat einen tiefen Zug aus der Flasche und spürte den Magen. Es drückte so, dass ihm die Lust aufs Bier verging. Früher machte auch das Saufen mehr Spaß.

Holger rieb den Bauch und trottete ins Arbeitszimmer zurück. Noch einmal las er alles, was auf dem Kontoauszug stand. Offenbar gab es seit dem letzten Auszug keine Umsätze auf dem Konto, denn er wies keine aus. Das Datum des Ausdrucks lag sechs Monate zurück, im Januar, kurz bevor er zu arbeiten aufhörte.

Aber, Moment. Verschwand Jutta nicht im Januar das letzte Mal für Wochen bei der Frau Mama?

Er packte den Kalender, schlug ihn am Jahresanfang auf und fand, was er suchte: „Besuch bei Mutter" hatte sie in ihrer ordentlichen, tief eingedrückten Schrift geschrieben.

„Besuch bei Mutter, dass ich nicht lache!", rief er und warf das Lederbuch auf die Tischplatte, dass es knallte.

Holger sprang auf, lief durch die Wohnung, stolperte über eine Türschwelle und knöpfte die Hose wieder auf, damit der Druck auf den Bauch nachließ.

Woher nahm Jutta so viel Geld und warum verschwieg sie ihm das? Wenn er das begreifen wollte, brauchte er Bier. Soviel, dass er die Magenschmerzen vergaß. Entschlossen holte er ein frisches aus dem Kühlschrank und schluckte es im Stehen weg, bevor er es sich anders überlegte. Das nächste nahm er mit ins Wohnzimmer.

Als er mit der Flasche in der Hand aufs Sofa sank, gewohnheitsmäßig den Fernseher anschaltete und auf die blondierte Nachrichtensprecherin starrte, die den Wetterfrosch anhimmelte, wusste er es: Die saubere Jutta hatte ein schmutziges Geheimnis. Ein richtig Schmutziges. Er wusste auch welches: Sie ging fremd.

Für Sex mit ihm interessierte sie sich längst nicht mehr. Stellte sich schlafend, vermied es, ihm auch nur halbwegs unbekleidet unter die Augen zu kommen. Bisher schob er das auf ihre zunehmende Schrulligkeit.

Er setzte die Flasche an, schluckte tüchtig, dann stieß er auf. Vielleicht sollte er etwas essen, aber dazu war die Lage zu ernst.

In Holgers Kopf stolperten die Gedanken übereinander, rappelten sich unbeholfen wieder auf und er kam zu dem Schluss, dass er keine Zeit verlieren durfte.

Aber zuerst musste er pinkeln.

Einen Liter leichter wankte er ins Arbeitszimmer zurück. Diesmal blätterte er den Kalender Seite für Seite von vorne bis hinten durch. Er las jede Zeile laut, damit er nichts verpasste. Eine leise Stimme lallte, er solle lieber warten, bis er wieder nüchtern war, aber er schubste sie um, damit sie das Maul hielt.

Er entdecke etwas. Die Spur von etwas. Eine ausradierte Notiz, deren Abdrücke im Seitenlicht schimmerten. Holger hielt den Kalender in allen Winkeln ans Fenster, kniff mal das eine Auge, dann das andere zu. Aber er kam nicht dahinter, was dort gestanden haben mochte.

Sein Blick fiel auf Juttas Schreibzeug. Holger fischte einen Bleistift aus dem Stiftebecher, nahm ihn zwischen Zeigefinger und Daumen und legte die Mine flach aufs Papier. In ruckenden Bewegungen schraffierte er sachte über die eingedrückten Zeichen.

Er lachte trocken. Eine Adresse.

Holger fuhr den Rechner wieder hoch, rutschte auf dem Drehstuhl herum, bis das dämliche Ding den Desktop zeigte. Dann klickte einige Male, bis er den Browser traf, und tippte die Anschrift mit zwei taumelnden Fingern ins Suchfeld.

Mehrmals bemühte er die Löschtaste, bis sich alle Buchstaben und Zahlen richtig einreihten. Er patschte auf Enter. Wenigstens eine Taste mit einer vernünftigen Größe.

Auf dem Bildschirm trudelte eine Landkarte ein, die irgendwelche Dörfer zeigte. Der orangene Kegel markierte einen Klecks namens Schwarzenschwendt. Holger zoomte in die Karte. Die Adresse gab es - ein einzelnes Haus in der Prärie. Die Orte ringsum sagten Holger etwas, aber er verstand sie schlecht.

Ein Anwesen in Alleinlage also.

Holger scrollte in die andere Richtung und verschaffte sich einen Überblick. Grafenau, Schönberg - hinter Deggendorf. Jetzt ergaben die Ortsnamen Sinn.

„So ist das also", murmelte er. „Keine dreißig Kilometer von Muttern entfernt. Besuch bei Mutter, was? Unglaublich."

Er traf mit dem Mauszeiger den Routenplanerbutton, tippte die eigene Adresse als Startpunkt ein und studierte das Ergebnis. Knappe zwei Stunden entfernt, der Landsitz.

Holger schaute auf die Uhr: Wenn er jetzt losfuhr, traf er pünktlich zum Abendessen ein. Oder er sprengte das Schäferstündchen.

Gewissenhaft legte Holger das Lesebändchen vor die Seite mit der ausradierten Adresse, dazu Juttas Kontoauszug, dann klappte er das Buch zu.

Rumpelnd nahm der Drucker die Arbeit auf und spuckte die Wegbeschreibung aus.

Den Kalender unterm Arm, ging er in die Küche, holte eine Flasche Wasser. Er pflückte den Autoschlüssel vom Haken und ging, wie er war, in Schlappen, mit offener Hose und aufgeknöpftem Hemd, hinaus in den Nachmittag. Jutta konnte was erleben. Und ihr Stecher dazu.

Der Einkauf dauerte länger, als Jutta dafür eingeplant hatte, aber sie brauchte Abstand zwischen diesem Kaffeekränzchen mit der Mutter und dem Bevorstehenden.

Sie konzentrierte sich auf den Anblick der vielen Käsesorten in der Theke, atmete die würzigen Gerüche, die sich mischten. Sie besah die Weinetiketten, hielt die Flaschen gegen das Licht, um die Farbe darin funkeln zu sehen. Von den Trauben wählte sie die prallste Rebe, nachdem sie alle angehoben und verglichen hatte.

Dazu brauchte sie Lebensmittel für die kommenden Tage und Getränke. Selbst die wählte sie mit mehr Bedacht als zuhause.

Die Sonne tauchte hinter die waldigen Hügel, als Jutta vom Parkplatz des Supermarktes auf die Straße bog. Sie schaltete das Licht an und steuerte aus dem Ort auf den Wald zu. Dort verblassten die Farben bereits in der Dämmerung.

Jutta lenkte das Auto die Straße entlang, bis sie endlich das reflektierende Schild ausmachte. Sie setzte den Blinker und fuhr ihrem Geheimnis entgegen. Noch ein knapper Kilometer durch den Wald, bis die Wiesen begannen, die den Weg zum Haus säumten. Sie freute sich auf das Date.

Holger wollte den alten VW längst verkaufen, weil ihm das Kuppeln mit den verschlissenen Knien zu schaffen machte. Er hatte überlegt, ein Fahrzeug mit Automatik zu kaufen, dann sparte er sich das Schalten. Aber dafür fehlte das Geld - und außerdem erledigte Jutta die Einkäufe mit ihrem Auto. Holger konnte von Glück reden, dass sie noch nicht auf die Idee verfallen war, sein Auto zu verkaufen, auf das er früher wegen der Schwarzbaustellen bestehen konnte.

Er fand den VW dort, wo er seit Monaten parkte. Zwischen den Pflastersteinen des Parkplatzes streckten sich die Grashalme bis zur Stoßstange, auf der Gummidichtung des Seitenfensters wuchs Moos.

Holger sperrte das Auto auf, warf die Sachen auf dem Beifahrersitz und wuchtete sich hinters Steuer. Einen Moment orientierte er sich, rückte an den Spiegeln herum, obwohl sie niemand verstellt hatte. Endlich saß er bequem.

Du solltest nicht mehr fahren, du hast getrunken, Freundchen, sagte eins von diesen Moralbiestern in Holgers Hinterkopf. Es klang nach Jutta. Holger rülpste, zog ihm eins über, schob den Schlüssel in die Zündung und ließ den Motor an.

Die Knie wüteten, als er zum Ausparken den Rückwärtsgang einlegte; noch mehr, als er wieder schaltete, um im ersten Gang die Reise zu beginnen.

Er sollte es lassen, lieber ein Taxi nehmen, „meine Frau bezahlt Ihnen jede Summe" zum Fahrer sagen. Den Beweis hatte er dabei. Er lachte bitter. Ja, das hatte sie sich schön zurechtgelegt. Sie fährt zu ihrer Mutter. Wochenlang.

Das schriftstellernde Fräulein baute an der perfekten Fassade und der ungebildete Handwerkertölpel fiel darauf herein. Wer traute dem Mauerblümchen ein solches Manöver zu.

Mit zusammengebissenen Zähnen schaltete er höher, Schweiß rann ihm den Rücken hinab. Egal. Bis zur Autobahn hielt er durch. Ab dann brauchte er erst einmal nicht mehr schalten.

Gewissenhaft hielt er die Geschwindigkeitsbeschränkung ein, obwohl ihn die Wut vorwärts peitschte. Nicht nur, damit er in keine Verkehrskontrolle geriet, sondern vor allem um sich unnötige Zwischenstopps an den Ampeln zu ersparen.

Als Erstes würde er sich den Typen vorknöpfen, sobald er ankam. Die brave Kinderbuchmoral-Jutta durfte zuschauen. Ha! Oder besser: Er ließ sich einen ordentlichen Scheck für ein neues Auto ausstellen. Die Frau konnte der Idiot behalten.

Er brachte den Kerl schon dazu, den Scheck zu auszufüllen. Gelesen hatte er genug Geschichten, in denen gefoltert und gemordet wurde. Ihm kamen prompt eine Menge unappetitlicher Dinge in den Sinn. Schöne, blutige Dinge. Geld hatte der Typ offenbar genug, wenn er dem Flittchen solche Summen zusteckte. Vielleicht erpresste sie ihn auch.

Und spätestens wenn Holger drohte, Juttas Doppelleben auffliegen zu lassen, unterstütze sie sein Anliegen sicher. Eine Rundmail an alle Kindergärten der Nation und Jutta würde sich nirgendwo mehr sehen lassen, weil sie sich schämte.

Holger erreichte die Autobahn und gab Gas, bis der Motor heulte und die Karosserie zitterte. Er würde es in weniger als zwei Stunden schaffen.

Jutta öffnete das schmiedeeiserne Zufahrtstor mit der Fernbedienung. Gleichzeitig glitt eine der Garagentüren hoch und die Beleuchtung flammte auf. Sie fuhr in die Garage und stellte den Motor ab.

Durch die Verbindungstür trat sie von der Garage ins Haus, stellte Reisetasche und Einkäufe im Flur ab und schlüpfte aus Schuhen und Socken.

Die Füße grüßten die frische Luft mit wohligem Kribbeln. Jutta riss alle Fenster und die Terrassentüre auf, ließ die Sommerabendluft hereinströmen und vergewisserte sich, dass niemand eingebrochen war. Auch unterm Dach lüftete sie.

Dann trat sie auf die Terrasse und atmete die milde Luft. Sie schmeckte Verheißung darin, Unendlichkeit und nie vergehendes Leben. Der Geschmack des Sommers.

Hierher drang kein Menschenlaut. Kein Autolärm, kein Geplapper, nichts. Verhalten zirpten Grillen, irgendwo trillerte ein Vogel.

Es gab keinen besseren Ort, um ungestört Besuch zu empfangen, so viel stand fest. Das Geld, dass ihr diese fruchtbare Verbindung brachte, hatte sie vorteilhaft investiert. Vorher musste sie zusehen, dass sie auf die Schnelle eine abgelegene Hütte günstig zur Miete bekam. Ein schwieriges Unterfangen, zumal den Vermietern Juttas Name auch noch oft bekannt vorkam. Ein unnötiges Risiko.

Jutta kehrte ins Haus zurück, verstaute die Einkäufe, entkorkte die Weinflasche und goss die samtige Flüssigkeit zum Atmen in die Glaskaraffe.

Zeit, die Fenster im Erdgeschoss zu schließen und sich vorzubereiten für den Besuch, den sie erwartete. Sie warf einen letzten Blick hinaus auf die verlassene Zufahrt, dann zog sie die Vorhänge zu.

Jutta ging ins Dachgeschoss, ließ das Bad ein und löste Badesalz in der Wanne auf. Dann stieg sie ins Wasser, streckte sich behaglich aus. Durchs Dachfenster wehte Abendluft herein und strich über Juttas feuchte Brüste. Schade, dass sie bald wieder fortmusste. Wenn sie einfach hierbliebe ...

Nun griff die Erschöpfung nach Jutta, die mit jedem Atemzug schwerer ins Wasser sank.

Als sie zu frösteln begann, schreckte Jutta hoch. Durch das Dachfenster schaute sie in den Nachthimmel. Ihre Finger schrumpelten bereits.

Jutta kletterte aus der Wanne, trocknete sich ab und schloss das Fenster. Sie hatte viel zu lange im Bad gelegen.

Egal. Sie cremte sich mit der nach Yasmin und Sandelholz duftenden Lotion ein, die ihre aufgeweichte Haut zum Schimmern brachte.

Nackt schritt sie nach nebenan zum Kleiderschrank, schlüpfte in die Garderobe, die sie für diese Anlässe hier aufbewahrte. Am Schminktisch legte sie roten Lippenstift auf und betrachtete sich im Spiegel. Wie fremd sie aussah.

Mit einem Kribbeln im Bauch lief sie Stufe um Stufe ins Erdgeschoss hinunter und trat ins verdunkelte Wohnzimmer.

Sie schaltete das Licht an, holte ein Weinglas, schenkte sich ein und betrachtete das rote Glitzern. Kerzen, natürlich!

Sie nahm Stumpenkerzen aus dem Schrank und verteilte sie auf dem Wohnzimmertisch, am Boden, auf dem Sideboard. Mit einem langen Streichholz schritt sie von Docht zu Docht und genoss den Anblick der aufzüngelnden Flammen. Den Duft des verlöschenden Streichholzes sog sie tief ein.

Aus der Schublade des Wohnzimmertisches holte sie das Diktiergerät, legte Batterien ein, dann löschte sie das Küchenlicht.

Karaffe und Weinglas trug sie im Kerzenschein zum niedrigen Ledersofa. Die Beine halb unter sich, nahm sie Platz und schmiegte in die Lehne. Kühle strich ihr über die Haut, kitzelte Stellen, die ihre Alltagskleidung sonst bedeckte.

Jutta wartete. Eine lustvolle Ahnung griff nach ihr, vermischt mit der Angst, ob auch diesmal alles gut ging.

Kurz überlegte sie, ob sie nicht lieber abbrechen sollte, bevor etwas geschah, dass sich ihrer Kontrolle entzog. Am nächsten Tag im ausgeschlafenen Zustand anfangen, sicherheitshalber.

Irgendeine Sorge hing ihr quengelnd am Knöchel, der Gedanke an Holger, der einsam zuhause saß, haschte nach ihr. Aber dann fühlte sie, dass es kein Zurück mehr gab. Sie befand sich schon jenseits der Grenze, an der sie Entscheidungen traf, fühlte sich durchlässig, wie kurz vor dem Schlaf. Sie nippte am Glas.

Hinter ihr trat jemand ins Zimmer.

*I*n raschelnden Roben schritten Männer in den Raum, bezogen mit gesenkten Häuptern die Plätze. Schweigend trat ein Alter mit gebeugtem Rücken vor.

Er schlug die Augen nieder, breitete auf dem Tisch ein weißes Tuch aus, nahm von einem Gehilfen eine goldene Vase entgegen und stellte sie behutsam auf den Tisch. In der Vase pastellfarbene Rosen. Rosa und gelb, ein üppiger Strauß, den er mit ruhiger Hand arrangierte. Die Kerzen flackerten zu seiner Bewegung, außer dem Rascheln des Gewandes und der Rosenblätter kein Laut.

Als er von den Rosen abließ, näherte sich ein Jüngling, bot dem Alten mit beiden Händen und einer Verneigung einen prunkvollen Stock. Der Alte nahm ihn entgegen und stützte sich darauf. Schweigend traten die beiden zurück, um die Bühne freizugeben.

*I*m Geflecht der Dorfstraßen verfuhr er sich. Irgendwo zwischen den verdammten Käffern verlor Holger die Orientierung. Weil die Nester alle gleich hießen oder weil er die Karte anders im Kopf gespeichert hatte, als sie ausgedruckt auf dem Beifahrersitz lag.

Nun fuhr er schon zum dritten Mal um den gleichen Kreisverkehr und wusste nicht, wohin.

„Wie verhext", murmelte er. „Aber ich finde sie schon."

Er kniff den Mund zusammen, schloss das Gähnen ein. Schlafen konnte er später. Holger bog aus dem Kreisel und stob aus dem Ort, die Augen aufgesperrt, damit er keinen Wegweiser übersah.

Er fuhr, fuhr weiter, erreichte den Wald, folgte der schmalen Straße, die plötzlich bergan führte. Fluchend schaltete er zurück, lenkte um die Kehren. Wenn es diesmal nicht stimmte!

Thyra spürte den Augenblick kommen. Die eisernen Wände des Gefängnisses wurden dünner, schirmten nicht mehr alles ab. Entfernt drangen Laute durch die vorher hermetische Membran. Das Schloss hing noch vor der Tür, aber Schlösser hinderten sie nicht. Nicht mehr.

Mit den Händen prüfte sie den Sitz ihrer Kleidung. Die dünnen Stulpenstiefel aus Wildleder zog sie bis zum Oberschenkel hinauf, den Rock über dem Hintern gerade. Im vernieteten Bustier rückte sie die Brüste appetitlich zurecht, wog den Busen in den Händen. Alles perfekt.

Das Gefängnis schwankte nicht mehr, ringsum senkte sich Stille. Fast schien es, als schimmerte der Umriss der Tür. Nicht mehr lange, bis sie sich öffnen würde.

Aber Thyra wartete sicher nicht, bis sie herausgezerrt wurde. Nicht mehr!

Tief im Bauch ballte sie Wut und Schmerz und Kraft zu einer lodernden Kugel, schürte sie, bis das Feuer sie selbst zu verschlingen drohte, trat zurück, spannte die Beine und schmetterte den Fuß in die Tür.

Das Eisen barst. Kühle Luft strich unter den Rock. Licht strömte herein. Flackerndes Kerzenlicht, so wie Thyra es mochte. Die verdammte Arschkriecherin hofierte sie. Als wäre sie Thyra überlegen, als könnte sie das Wilde zähmen, indem sie kleine Geschenke verteilte.

Da irrte sich die Alte. Wenn Thyra diesmal die Kontrolle übernahm, dann für immer.

Sie trat in die offene Tür. Im Kerzenschein richtete sie sich auf, jeden Muskel gespannt, die Beine lang und stark, die Brust wogend, die losen Haare im Gesicht, bereit, die Geschichte zu beginnen.

„Hier bin ich", sagte sie.

Oben angekommen, wich der Wald zurück, Holger erreichte eine Kreuzung. Auf den Schildern entzifferte er alles - nur nicht den richtigen Ort. Er lag doch hier ganz in der Nähe. Nur wo?

Schimpfend bog er rechts ab, hielt in der nächsten Feldwegeinfahrt und studierte den Kartenausdruck. Alles viel zu klein gedruckt auf der Karte. Und die dämliche Funzel in der alten Karre brachte nichts.

Endlich fand er das Dorf mit dem vermaledeiten Kreisverkehr auf dem Ausdruck. Er musste zurück dorthin und am anderen Ortsende hinaus.

Also los. Er trat die Kupplung bis zum Blech durch, legte den Rückwärtsgang ein und fuhr auf die Straße zurück. Die Knie brachten ihn um.

Durch den Wald wieder bergab, den Weg, den er hergekommen war, zum Kreisverkehr, durch das ganze Dorf und am anderen Ende den richtigen Wegweiser finden.

In der 30er-Zone kam ihm der Gedanke, warum er überhaupt hier war. Für seine Verhältnisse mitten in der Nacht eierte er durch die Landschaft, statt ein kühles Bier zu zischen und finstere Geschichten zu lesen.

Wegen Jutta? In fast dreißig Jahren Ehe nutzte sich die Liebe ab. Das Zusammengehören wurde zur reinen Gewohnheit. Den Rest seiner Leidenschaft erstickte Jutta mit schlechter Laune und Zurückweisung.

Am Ortausgang, als er endlich den richtigen Wegweiser fand, wusste er es: Weil es sich gut anfühlte, ein Mann zu sein. Weil es sich noch besser anfühlte, ein wütender Mann zu sein. Einer, der Rache schwor und einforderte, was ihm gehörte.

Pfeif auf kaputte Knie und Frührente, pfeif drauf, dass die

Frau nicht mehr für ihn brannte. Und umgekehrt. Davon ließ sich kein Held aufhalten. Es ging verdammt nochmal ums Prinzip und Holger preschte heran, um das klarzustellen.

Nach der langen Dunkelheit blendeten sie die Kerzenflammen. Doch Thyra zögerte nicht. Hellwach, die Kiefer aufeinandergepresst, durchstieß sie mit dem Fuß die Reste der Türe. Vor ihr ein Abgrund aus Licht.

Thyra sprang hinab, landete zwischen dem Gefängnis und einem Altar.

Jenseits der Feuerzungen wichen Menschen hörbar zurück, ein Raunen sprang von einem zum anderen, dann schwiegen sie. Thyra genoss die angstvolle Bewunderung derer, die sie hinter den Kerzen erahnte.

Stark und im Reinen mit sich, wie niemals zuvor, überragte sie die Schattengestalten. Düster stieg die Erinnerung auf, an den Kampf gegen den letzten Gott des Landes, in dem sie alles zermalmte, was nicht rechtzeitig floh. Abgerechnet hatte sie bis auf den letzten Tropfen Blut - bevor die Dunkelheit sie packte.

Thyra wusste nicht, wie lange diese Wichte ihrem Schlaf schon huldigten.

Auf einen Sockel hatten sie Thyras Gefängnis gestellt, oben auf der Stufenpyramide. Wie reizend. Ihr einen Schrein errichtet, ihr Kerzen entzündet und Blumen auf den Altar vor sie hingestellt. Das halbherzige Opfer derer, die das schlechte Gewissen plagte.

Lächerliche Blumen, rosa und gelb. Scheiß auf Rosa und Gelb, wo blutiges Rot und Todesschwarz die Antwort waren. Fürchten sollten sie sich, ja, mehr noch - die eigene Angst sollte sie zerfressen. Ein langer, qualvoller Tod.

Fest standen die Sohlen der Stiefel auf dem marmornen

Grund, ringsum erhoben sich mächtige Säulen, die das Dach der Halle in den Himmel stemmten.

Thyras Bühne.

„Bringt schwarze Rosen", rief sie.

Tausendfach brach sich die Stimme in der Ferne, hallte machtvoll zurück.

Allmählich erkannte sie die Mienen der verschreckten Würmer zwischen den Säulen. Da standen sie, in sicherer Entfernung auf einem Plateau auf halber Höhe der Tempelstufen, und versuchten, ihre Sünden zu bereuen. Zu spät - viel zu spät!

Einer, der alt und gebrechlich tat, löste sich, erklomm die Stufen. Auf einen Stock gestützt kam er angekrochen, als versprach er sich Mitleid. Eine Ruine am Gehstock. Pah!

„Thyra, heilige, bitte vergib uns. Wir haben keine schwarzen Rosen", sagte er, den wässrigen Blick gesenkt.

Ein Waschlappen. Und die anderen Schlappschwänze versteckten sich hinter ihm.

In Thyras Bauch breitete sich etwas aus und erhob sich. Es schüttelte sie, stieg über den Magen und den Brustkorb auf, brachte den Busen in Turbulenzen, wand sich durch den Engpass der Kehle. Als sie den Mund aufklappte, kam ein dunkelböses Lachen heraus.

Zwischen den Säulen breitete es sich aus, übergoss den Saal mit Verachtung, das Echo donnerte von allen Seiten zurück. Es dröhnte, stach in Thyras Trommelfelle. Sie lachte weiter.

Die Wichte hielten sich die Ohren zu. Vor dem Altar sank der Alte auf die Knie. Na toll. Thyra brauchte keinen alten Sack, der vor ihr auf dem Boden lag - sie wollte Rache für alles. Vor allem für den Frevel, sie in diese Kiste zu sperren. Und sie wollte schwarze Rosen. Jetzt.

Thyra verstummte, schnellte vor und riss das Tischtuch samt Gesteck vom Altar. Die Vase schepperte auf den Marmor, Wasser spritzte und die Blumen flogen umher.

Der Krach verklang, hinterließ eine Stille, als trauten sich die Würmer weder atmen noch blinzeln.

Mit einem Satz sprang Thyra auf den Altar, stellte die Beine hüftbreit und spannte sich. Zeit für eine Bestandsaufnahme: Zehn Männer, in würdevolle Roben gehüllt mit glänzenden Gesichtern. Dieselbe Art von Gestalten, wie die Scheusale, die sich vor langer Zeit, halb mit edlen Gewändern bedeckt, an der jungen Tempeldienerin vergingen.

Vor Angst zitterten sie, die Memmen - sie taten gut daran.

„Du da!", rief Thyra und zeigte auf den Erstbesten, der herüber linste.

Er starrte sie an, als schaute er das Jüngste Gericht und in Thyra loderte die Verachtung heißer. Diese jämmerlichen Wichte, die sich für würdevoll und einflussreich hielten - bis jetzt.

„Komm her!"

Er schaute nach allen Seiten, fand niemanden, der an seiner statt vortrat, dann tat er zögernd einen Schritt.

Genau wie die Wächter des Tempels, die sie vor ihrem Schlaf niedergerungen und in Stücke gerissen hatte, um die scheinheilige Doppelmoral ein für alle Mal zu beenden. Es waren nicht die gleichen Gesichter, das nicht, doch die gleiche Liga von Moralaposteln, die nun vor Thyras Schrein andächtig Rituale vollzogen - so lange die Göttin schlief.

Nichts hatten sie begriffen, gar nichts.

Geistlos die Augen des Vortretenden. Der Greis kauerte noch vor dem Altar in der Wasserpfütze, der Rücken zuckte, als schluchzte er. Um ihn herum die Pastellrosen. Erbärmlich, ja, nichts weiter.

Der Wicht kam langsam herauf bis zur vorletzten Stufe, besah den bestickten Saum seines Gewandes und verschränkte in sicherem Abstand zu Thyra die Finger zu einem Knoten.

„Zeig deine Hände!"

Erschrocken sah er auf, löste die Finger und hielt Thyra die zitternden Hände hin.

„Näher!"

Er trat näher, die Hände ausgestreckt, bis er neben dem Alten stand, und sah zu ihr auf.

„Sind es starke Hände?", fragte Thyra, den Ton mit Honig überzogen. Sie lächelte süß, so süß sie es vermochte, nach dieser unwürdigen Nacht.

„Na ja - nein - ja", sagte er.

„Sie sind nicht stark?"

„Nicht besonders."

„Bringt ein scharfes Messer."

Der Mann riss die Augen auf.

„Ganz recht, ich schneide sie ab, wenn sie nicht stark sind. Kein Mann braucht schwache Hände."

Sie sah ihm in die Augen, zwinkerte und fühlte sich ausgesprochen wohl in ihrer Position.

„So schwach sind sie nicht", sagte er.

„Ach?"

„Nein, sie sind nicht schwach."

„Also sind sie stark?", fragte Thyra.

„Ja."

„Tatsächlich?"

„Ja."

„Wie stark?"

„Na ja ..."

„So stark, dass sie diesem Jammerlappen die Gurgel

umdrehen können?", fragte Thyra und wies auf den Alten.

Der Jüngere schaute auf seine Hände, als klebte bereits Blut daran. Dann sah er auf den Alten am Boden - der das Zucken aufgegeben hatte und still hielt, als hoffte er, er ginge als vor Schreck gestorben durch.

„Vergib mir, aber -", sagte der Mann.

„Warum?"

„Das kann ich nicht tun!"

„Ach?"

„Ja! Nein!"

Ein Schweißfilm überzog das wächserne Gesicht, die Backen schlotterten.

Thyra zupfte das Bustier zurecht, damit es nicht zu viel der weiblichen Attribute verdeckte, ließ sich Zeit.

„Dann sind die Hände doch nicht so nützlich", stellte sie fest.

Er schwieg, die vorgestreckten Pfoten bebten.

„Ich bekomme also weder schwarze Rosen, wie ich es wünsche, noch habe ich einen Tempeldiener, der mit den Händen etwas anzufangen weiß. Wie würdest du entscheiden, mein Freund?"

Thyra hockte sich nieder, die Beine offen, packte den Kerl am Kinn, zog ihn näher und zwang ihn, ihr in die Augen zu schauen. Sie roch die Angst und das Dilemma. Die Ausweglosigkeit.

„Vergebung", wisperte er.

„Vergebung. Ein merkwürdiges Wort. Kennst du es näher?"

„Es tut mir leid."

Er wollte zurückweichen, sie grub ihm die Krallen ins Fleisch, bis sie auf Knochen stießen.

„Du erweist mir den Dienst also nicht, den Jammerlappen

zu beseitigen? Weil deine wohlgepflegten Hände nichts taugen. Und von mir erwartest du Nachsicht?", fragte sie.

Er rührte sich nicht.

„Das Messer!", rief sie.

Holger folgte dem schmalen Asphaltstreifen unter den Baumkronen, bis die Kulisse aufriss. Wiesen säumten die Straße. Langsam fuhr er weiter. Das verwitterte Schild an der unscheinbaren Abzweigung hatte nach Schwarzenschwendt verwiesen, doch er wurde unsicherer, je weiter er kam.

Wenn er nun wieder falsch abgezweigt war, dann - dann wusste er auch nicht. So viel Mühe für nichts! Das konnte er sich selbst nicht antun. Er musste Jutta finden und ihren Macker.

Mit zusammengebissenen Zähnen fuhr er weiter. Von Minute zu Minute wuchs der Hass auf die scheinbrave Jutta, die sich hier draußen mit irgendeinem Kerl vergnügte, der sich eine eigene Zufahrtsstraße leistete.

Sie hatte sich einen Spaß daraus gemacht, ihm irgendwelche Geschichten aufzutischen - das beherrschte sie. Wenn sie Kindern ihre plüschigen Phantasie-Gebilde aufdrängte, tat sie das gleiche.

Geschichten von tollpatschigen Bärchen und netten Vögelchen, die alle immer nur das Beste wollten. So ein Quatsch. Das glaubten nicht mal Kinder - deswegen kauften auch nur ein paar komplett idiotische Eltern Juttas Weichspülbücher. Scheiß heile Welt, wenn man genauso gut zum Tier werden konnte, weil man von Miss Moral beschissen wurde.

Er erinnerte sich an die rauen Kerle in den Groschenheften, die mit eisiger Präzession anlegten und durchsiebten, was im Wege stand. Die dem aufsässigen Weib eine schmierten und dafür in dessen Achtung stiegen.

Sein Leben lang hatte Holger Fliesen gelegt. Auf dem Boden kniend den Kleber verstrichen, immer schön gleichmäßig, immer schön akkurat. Und dann die Fliesen aufgeklebt, gewissenhaft die Fliesenkeile und Kreuze dazwischen geklemmt für perfekte Fugen.

Jede Fliese, jede Einzelne, die er jemals verlegte, hatte eine Frau ausgesucht. Die ihm später bei der Arbeit mit Adlerblick über die Schultern sah und ihn anwies an welche Stelle des Badezimmerbodens er die eine, besonders gemusterte Fliese zu kleben hatte. Weiter links, nein rechts, oder doch links!

Er hatte sich die Knie zerschunden in der Knechtschaft weiblicher Diktatur und sollte dankbar sein für das Mittagessen: Belegte Semmeln - oder schlimmer: Leberkäse, von dem er schon Sodbrennen bekam, wenn er ihn roch.

Vor Jutta kuschte er genauso. Um das Keifen zu beenden, nahm ihre Regeln als die Seinen an und verbarg alles vor ihr, was sie in Wallung brachte. Ein Leben lang spielte Holger den Affen seiner Frau. Aller Frauen.

Am Ende der Straße ein eisernes Tor. Geschlossen.

Dahinter lag im Dunklen ein einstöckiges Haus, kein Schloss, aber geräumig. Daran schmiegte sich eine Doppelgarage. Bewusst bescheiden gehaltener Wohlstand. Widerlich.

Er kurbelte am Lenker, wendete das Auto auf dem Platz vor dem Tor und stellte den Motor ab.

In der plötzlichen Stille kam er sich merkwürdig vor. Eigentlich wollte er einen Scheck einfordern für sein Schweigen. Aber wenn sie ihn auslachten? Dann stand er wie ein Idiot auf der Türschwelle. Warum auch nicht. Jeder ging fremd, wie er wollte. Holger blieb nur, die Scheidung einzureichen.

Die Erschöpfung fand ihn in der Dunkelheit.

Er wollte gar kein neues Auto. Er wollte überhaupt nichts mehr. Nur seine verdammte Frau wissen lassen, dass sie aufgeflogen war - und dass er sie verließ. Er vermisste sie schon so viele Jahre, was machte es noch.

Holger löste den Gurt und stieg mit steifen Knien aus. Langsam ging er auf das Haus zu, das verlassen im Dunkeln lag. Keine Spur von Leben zu sehen. Gut, die Autos mochten hinter den geschlossenen Garagentoren parken, Vorhänge verbargen womöglich die Beleuchtung im Haus.

Trotzdem: Keine Stühle auf der Terrasse, keine Blumen im Garten, auf der Einfahrt wuchsen Disteln.

Am Eisentor fand Holger keine Klinke, keinen Riegel. Nun stand er in Hausschlappen und mit geschwollenen Knien nachts vor einem verlassenen Haus in der Pampa und bekam das Tor nicht auf. Wenn, dann wollte er zumindest an der Haustür zum Teufel geschickt werden, wo die Turteltäubchen gezwungen waren, ihm dabei ins Gesicht zu sehen.

Gelächter zerriss die Stille, als lachte der Höllenfürst persönlich über den Trottel vor dem Tor. Hörte er es wirklich oder hallte es in seinem Kopf?

Es verstummte. Wenn er das Lachen nicht geträumt hatte, kam es vom Haus.

„Lacht mich nur aus, ich weiß selbst, was für ein dämliches Bild ich abgebe. Aber wisst ihr was? Es ist mir scheißegal. Und mir ist auch egal, was danach passiert", sagte er.

Mit steifen Schritten trat er an den Zaun, stieg mit dem rechten Fuß in das schmiedeeiserne Gitter und schwang den linken darüber. Der rechte Pantoffel verkeilte sich im Zaun, Holger zog den Fuß heraus und ließ den Schuh stecken. Beim Herunterklettern verlor er den Zweiten. Strumpfsockig landete er im Gras. Mit der Hand bekam er den einen Schlappen aus dem Zaun frei, aber den zweiten fand er im Dunkeln auf die Schnelle nicht. Scheiß drauf.

Als er sich zum Haus wandte, bemerkte Holger winzige Lichtstreifen an den Rändern der Fenster. Also täuschte er sich nicht. Die Knie standen in Flammen, doch das hielt ihn nicht auf. Er hatte sein Leben kniend verbracht, nur war es Zeit den aufrechten Gang zu üben.

Ein Schrei gellte.

Dann Stille, die laue Luft kühlte plötzlich ab. Nach wenigen Augenblicken folgte ein Wimmern, dazwischen Schluchzer. Es klang nach einem Mann. Jedenfalls nicht nach Jutta. Was trieben die zwei hier?

Nach einem Film hörte es sich nicht an, unmöglich. Schreie, Gelächter, Gewimmer: ja. Aber es fehlte Musik. Ohne Filmmusik kein Film.

Das Wimmern ließ nach, wurde wieder lauter. Holger rieselte es kalt durch den Bauch. Es klang nach einer echten Notlage. Er musste handeln. Aufrecht, männlich, jetzt.

Jutta spürte sich nicht mehr. Durch einen Nebelschleier nahm sie wahr, wie unter ihr im Tempel erstarrte Wächter Zeugen von Thyras Grausamkeit wurden. Wie frischrotes Blut auf den weißen Marmor spritzte, wie breite Bäche Lebenssaft über die Stufen flossen.

Sie musste Thyra Einhalt gebieten, eingreifen, irgendwie. Niemand hatte es verdient, dass ihm die Hände abgeschlagen wurden - nicht ohne einen überzeugenden Grund. Alte Männer sollten nicht bestialisch gewürgt und mit solcher Kraft zu Boden geschleudert werden, dass das Brechen der Knochen im Tempel hallte. Wie konnte es mit Thyra nur so weit kommen? Wie sollte das Mädchen jemals erkennen, dass andere Dinge im Leben zählten, dass Freundlichkeit und Verständnis mehr wogen als Rache - so wie die Idee es vorsah.

Thyra schaute sich um und sah, dass es gut war. Sie richtete sich auf, fühlte sich großartig, von Kraft und Sinn durchdrungen. Sie würde alle niedermachen, denn wegzulaufen wagte keiner.

Und dann, wenn die schändlichen, mickrigen Diener ihres Gefängnisses, die Huldiger ihrer Verdammnis, dahin waren, ihr Blut großzügig über den Marmor verteilt, dann würde sie zur Türe schreiten. Die riesigen Flügel mit einem energischen Blick in Stücke reißen. In die Sonne treten und hinab schauen auf die Menschen, die sich unter dem Tempel versammelten.

Sie würde auch ihnen eine Frage stellen, auf die nur die Gerechten eine Antwort wüssten. Ha, die Gerechten, die mussten ausgestorben sein. Hier lebten sie jedenfalls nicht, denn sie, Thyra, hatte alle befreit vom Joch des letzten Gottes, von der Schreckensherrschaft seiner Hüter und ihrer selbstgerechten Diktatur. Von der Doppelmoral des ehrenwerten Scheins und der niederen Triebe, denen sie folgten, wenn sie glaubten, es sähe keiner hin.

Doch statt dankbar zu sein, die Retterin zu preisen und fortan in Freiheit zu leben, ließen sie neue Gottesdiener walten. Duldeten, dass Thyra in einem eisernen Schrein vegetierte, statt zu regieren. Mit ihrem Schweigen erklärten sie Thyras Rache für nichtig.

Die Menschen hatten ihre Chance, jeder Einzelne. Genutzt hatte sie keiner. Niemand verdiente das Leben, wenn er es nicht lebte. Wenn er es mit eingezogenem Genick einem anderen in die Hände gab, darüber zu verfügen, nach seiner Lust und Willkür.

Der aufrechte Mensch existierte nicht mehr.

Auch Thyras Vater war noch immer nicht gekommen. Genug Monde waren längst verstrichen, sein Verrat an ihr zwang das einst hilflose Mädchen in die Rolle der Rächerin. Es wurde Zeit ihn zu fragen, wo er blieb, was er sich dabei bloß dachte. Nachdrücklich zu fragen. Und ihn den Schmerz spüren zu lassen, dem er sie einst stumm nickend überließ.

„Du, Jüngling, wo sind die Blumen?", rief Thyra.

Festgefroren stand er dort, halb verdeckt von der Säule, als ertappte ihn Thyra auf der Flucht.

Thyra lachte. Bis auf den Altar roch sie seine Angst.

Sachte drückte Holger gegen das Glas der Terrassentür. Sie öffnete sich mit einem Schmatzen und wich zurück, bis sie an den schweren Vorhang stieß. Kein Licht drang durch den Stoff, nur am Boden, wo der Saum ungleichmäßig auflag, geisterte Helligkeit über die Fliesen.

Marmor. Unverkennbar Marmor. Holger fand die Einschätzung bestätigt: purer, nach außen bescheidener Luxus. Und er fragte sich, welche Frau diese Fliesen ausgesucht und Stück für Stück angeordnet haben mochte. Und ob auch sie den auf dem Boden kriechenden Handwerkern Leberkäse serviert hatte.

Jutta? Nein, Jutta war zu einfach gestrickt für Marmor. Zu Hause lag grauer Teppich in der Mietwohnung, aber den hatte der Vermieter anno dazumal legen lassen. Holger fragte sich, welchen Bodenbelag Jutta ausgesucht hätte. Er hätte sie einmal danach fragen sollen. Doch irgendwann fragte man sich solche Dinge nicht mehr. Die Zeit des Kennenlernens war vorüber.

„Komm her", rief eine Frauenstimme. Es dröhnte.

Holger zuckte zusammen. Hatte sie ihn bemerkt? Hoffentlich nicht. Vage kam ihm die Stimme bekannt vor.

Zaghafte Schritte tappten im Raum hinter dem Vorhang, doch sie hallten, als durchquerten sie ein Kirchenschiff.

Holger schüttelte den Kopf. Es musste doch ein Film sein. Ein merkwürdiger Film zwar, denn Musik hörte er immer noch nicht, aber das Haus war zu klein für diesen Klang.

„Ich warte", rief die Frau wieder.

Die Schritte verlangsamten, jemand keuchte.

Hinter dem Vorhang knisterte die Luft. Was auch immer dort geschah, Holgers Neugierde drängte nach einem Blick in das Zimmer. Wenn er schon nicht zum Lesen kam -

Die Frau lachte ihr grässliches Lachen wieder. Die Schritte verstummten. Was passierte da nur?

Holger zog den Vorhang ein klitzekleines Stück zur Seite und spähte mit einem Auge hindurch.

Vor ihm lag die imposanteste Halle, die er je gesehen hatte. Die Marmorfliesen bedeckten eine immense Bodenfläche, in deren Mitte sich steinerne Stufen erhoben. Oben thronte auf einer Fläche ein zerborstener Kasten. Auf dem Tisch davor eine Frau.

Halb nackt und wild und schön. Wie sie sich dort oben präsentierte, welchem Mann gefiele das nicht.

Holger blinzelte, zwang die Augen, auch den Rest der Szenerie anzuschauen: Ungesund verrenkt lag auf den Stufen eine leblose Gestalt. Dunkle Tropfen und Pfützen glänzten auf dem hellen Stein. Gelbe und rosa Blüten lagen verstreut.

Er träumte. Die kranke Fantasie ging mit ihm durch. Das alles passte nicht in das Haus. Unmöglich. Und wer errichtete im Wohnzimmer eine Stufenpyramide?

Ein Wimmern.

Holger beugte sich mit dem Vorhang in die Halle, bis er sah, woher das Geräusch kam.

Dort hockte an der Mauer ein Mann mit verzerrtem Gesicht. Er wiegte sich vor und zurück, vor den tränenblinden Augen die Stümpfe seiner Arme. Er saß in einem See aus

Blut und klang erbärmlich.

„Bringst du sie mir, Kleiner?", rief die Frau.

Zu ihren Füßen auf dem Tisch lag etwas Glänzendes, vielleicht ein Messer. Holger sah es nicht genau. Sein Blick fand die Stiefel der Frau, folgte ihnen über die nackten Oberschenkel zum Rock, weiter zum prallen Busen, traf rote Lippen, das Gesicht von zerzaustem Haar umrahmt.

Sie schaute herab auf einen Burschen, der vor ihr auf den Stufen stand. Sie überragte ihn, wie ein Berg das im ewigen Schatten liegende Tal. Der Junge rührte sich nicht.

„Dann bringst du mir nicht, was ich wünsche?"

„Vergib. Ich weiß nicht, woher ich schwarze Rosen nehmen soll. Nie habe ich welche gesehen", sagte der Mann.

„Deine Augen taugen also nicht, schwarze Blumen zu finden?", dröhnte die Frau.

Der Junge zuckte zurück. In Holgers Nähe verstummte das Wimmern des handlosen Mannes.

Die Frau ging in die Knie, ohne sich darum zu scheren, dass sie den Blick unter den Rock freigab. Ohne den Jungen aus den Augen zu lassen, griff sie nach dem glänzenden Ding - tatsächlich ein Messer. Die Klinge verschmiert.

Holger wusste nicht, um was es ging, aber er hatte zumindest theoretisch Erfahrung mit Bestien aller Art. Und wenn das Grauen in Gestalt einer zügellosen Frau auf einem Altar stand, dann versüßte das die Angelegenheit. Ihr und der Welt würde er beweisen, dass in ihm mehr steckte, als ein fliesenlegender Pantoffelheld.

„Halt!", rief er, teilte den Vorhang und trat strumpfsockig in die Halle, den Pantoffel noch in der Hand. Egal.

Sie hielt inne, nahm Holger ins Visier. Dann richtete sie sich langsam auf.

Ein Kribbeln durchzog Holgers Leisten. Eine Frau, die

wusste, wie sie wirkte, die ihre Reize inszenierte - und sie schätzte Unterbrechungen nicht sehr.

Das gefiel Holger am besten: die Verwirrung in ihrem Blick - und der unbändige Trotz. Er trat auf sie zu.

Der Mann, der dort kam - er war durch die Wand gekommen, durch rohen Stein. Er störte sie, statt den Kopf zitternd zu senken. Das missfiel ihr gewaltig.

Das Messer schwebte über dem Gesicht des Jünglings, der ihm mit schwimmenden Augen folgte. Zu schön, seine Angst, sein Wissen darum, was bevorstand.

Doch dieser Wicht schlenderte frech dazwischen.

„Wer bist du?", rief sie ihm zu.

Er überquerte die Fläche bis zu den Stufen, begann langsam emporzusteigen, das Gesicht fleischig, doch glühend und wach. Ungewohnt schien ihm die Bewegung zu sein, er keuchte verhalten, erlaubte sich aber keine Rast.

Kein Weichling wie der Rest. Interessant.

Nicht auf der vorletzten Stufe hielt er, nein, er betrat die Plattform, sein Atem streifte Thyras Knie. Kein schöner Mann, so viel stand fest. Alt und füllig, mürrische Falten im Gesicht.

„Willst du nicht knien vor deiner Göttin?", fragte sie honigsüß.

„Nein", sagte er.

Er roch sie. Er roch ihre Macht und ihr Begehren. Er roch Wut, Sandelholz und Jasmin - und das pulsierende Leben in ihr. Verlockend verpackt, mehr offengelegt als verhüllt und provokant in Positur geworfen, jede Geste, jedes Wort, ein grausames Spiel. Und sie verlangte nach Rosen.

Ihre Haut schimmerte wie mit Sirup überzogen. Er hatte

Angst, doch sie lockte ihn mehr. Frauen, die diktierten, kannte er genug. Doch keine, deren Augen solche Leidenschaft versprachen.

„Gut, dann bleib stehen. Hier, nimm das Messer", sagte sie und reichte es ihm.

„Gerne. Hier, halt das so lange", sagte Holger und reichte ihr, was er in der Hand hielt.

Auf ihrem Gesicht Überraschung - doch sie griff danach.

Ein Strauß schwarzroter Rosen wechselte in ihre Hand. Holger war sicher, dass er die Sohle, das Leder noch in seinen Händen spürte, als er den Strauß übergab. Wie konnte das sein?

Das Erstaunen hielt sie auf, doch sicher nicht lange. Sie überlegte, das sah er ihr an, auch wenn lächelte.

Der Junge neben Holger regte sich nicht. Nur seine aufgesperrten Augen folgten allem, was geschah.

„Das Messer", sagte Holger und öffnete die Hand.

Ihre Mundwinkel zuckten. Kein Lächeln mehr.

Irgendetwas stimmte nicht, nur kam Jutta nicht dahinter. Thyra agierte direkter diesmal, blutrünstiger gleich zu Beginn. Sie verzichtete auf das Vorspiel, scherte sich nicht um Jutta, die sich als Souffleuse heiser schrie.

Thyra hatte die Zügel an sich gerissen und galoppierte im Wahn davon. So durfte es nicht anfangen, unmöglich.

Der Typ, der durch die Wand marschierte, Thyra Einhalt zu gebieten, der kam Jutta gerade recht. Er hielt Thyra auf, machte eine Wendung möglich. Woher diese Figur kam, wusste Jutta nicht. Aber etwas an ihm war ihr vertraut.

Thyra lachte ihr tiefes Lachen.

„Das Messer?", fragte sie scharf.

„Das Messer. Wollten wir nicht tauschen?"

„Ach?"

Nun zog dieser Fettsack die Augenbrauen hoch, hielt ihr die offene Hand hin.

Sie schaute auf ihn herab, den Strauß schwarzer Rosen in der einen, das blutige Messer in der anderen Hand.

Seine Frechheit imponierte ihr. Wurde er jünger und schlanker, wuchsen ihm die Haare nach, während er vor ihr stand? Es wurde immer besser.

„Dann rück die Blumen wieder raus", sagt er.

Etwas Fremdes regte sich in Thyra. Etwas, das sich anfühlte wie - Respekt. Ein gefährliches Gefühl.

Der weibische Teil in ihr wollte sich ihm zuwenden, dem Macho, der ihr so dreist die Stirn bot. Wollte ihm nah sein, die Schlacht mit ihm zu Ende schlagen. Wollte Schutz bei ihm suchen. Schutz? Ungeheuer!

„Vergiss es!", rief sie.

Wände bebten, Staub bröselte herab, Kerzen verloschen.

„Setz die Wichte vor die Tür", sagte er heiser. „Die brauchen wir nicht."

Er machte doch tatsächlich Anstalten, die Gottesdiener, die sie gefangen hielten, mit einer Prise Angst in den Knochen davon kommen zu lassen. Lächerlich.

„Komm näher", sagte sie.

Sie kniete sich, den Strauß zwischen die bloßen Schenkel geklemmt. Die Dornen stachen in die Haut, ein süßherber Schmerz. Das Streichen der kühlen Blätter betörte sie, wie der Duft, der von den Blüten aufstieg.

Er trat heran.

Mit der freien Hand nahm sie sein Kinn, die andere packte das Messer fester. Sie zog ihn näher zu sich. Bereitwillig sah er ihr in die Augen. Aufmerksam und - ja, lüstern - erwiderte er ihren Blick. Er wollte tatsächlich wissen, wie weit das Spielchen ging.

Dieser Typ: Das Beste, das diese schäbige Welt ihr bot, der Einzige mit Rückgrat und gesundem Jäger-Instinkt.

Doch Thyra wäre nicht Thyra, wäre sie nicht allein. Nein, sie gab sich nicht die Blöße, ihm das schnurrende Kätzchen zu sein. Sie tappte nicht in die Falle, verhedderte sich nicht in schwärmerischen Gefühlen, bis sie nicht mehr klar sah und zur Sklavin degradiert dahin schmachtete. Vielleicht noch den Gebieter glühend preisend. Vergiss es, Idiot.

„Du bist genauso allein wie ich", sagte Holger.

Alleine, ja. Er teilte die Jahre mit jemandem. Allein war er trotzdem. Während sie sprachen. Während sie aßen. Während sie früher noch so taten, als liebten sie sich. Fremde, egal, wie lange sie das Bett noch teilten.

Er beugte sich vor.

Über den nachtschwarzen Rosen wogte ihr Busen, darüber klaffte der scharfzüngigste Mund, den er kannte. Verlockend die Lippen, feucht geschwungen in feurigem Rot. Darüber diese Augen. Etwas in ihrem Blick spiegelte ihn. Er fand sich in ihr, sie sich in ihm.

Er konnte nicht anders, musste sie küssen. Herausfinden, wer er wirklich war. Und wer sie.

Er neigte sich weiter. Raschelnd gaben vor seiner Brust die Rosen nach, dichter Blütenduft stieg ihm in die Nase. Die Wärme ihrer Haut, der heiße Atem, der ihren Lippen stoßweise entkam.

Thyra schloss die Augen. Er kam näher, verzehrte sich nach ihr. Stark war er gewesen, entschlossen, ja. Ein impulsiver Mann, ein trotziger Mann. Kein Weichling. Doch nun sah sie mit geschlossenen Augen, wer da wirklich vor ihr stand. Ein liebestoller Rauhaardackel.

Sie wog das Messer in der Hand.

„Stopp!", wollte Jutta rufen - nichts kam heraus.

Thyra durfte es nicht zu Ende bringen, niemals. Unerschrocken, hart durfte sie sein. Nicht sadistisch.

Und dieser Mann - die Blumen. Diese Blumen waren etwas anderes gewesen, etwas, das sie kannte. Wenn sie nicht Einhalt gebot, gab es keine Rettung. Auch nicht für Jutta. Sie musste dringend zurück, die Kontrolle wieder gewinnen.

Plötzlich begriff sie es - die Rosen waren keine Rosen, als der Mann die Wand teilte. Als er eintrat, hielt er einen dunkelroten Hausschuh.

„Halt!", wollte sie rufen.

Thyra kam ihm entgegen. Er roch würzig. Nach langer Anstrengung und altem Bier. Und nach Feuer, nach Leidenschaft. In seinen Adern rauschte das Blut, sein Herz stampfte.

Die Dornen rissen ihr die Schenkel auf, als sie ihre Lippen auf seine legte. Feuer schoss ihr in den Unterbauch. Ein euphorisches Knistern, ein Beben wie zur Geburt einer neuen Welt, brandete auf und warf über den Haufen, was Stein auf Stein errichtet war.

Sie öffnete die Lippen, spürte seine Zunge suchen, feucht und weich und fremd. Sie seufze, stöhnte, hob das Messer -

„Halt", schrie Jutta. „Halt, hör auf, hör auf!"

- und hielt im Küssen inne.

Sie erkannte die Stimme, lachte in den Kuss und zielte mit der Klinge hinter sein Schlüsselbein. Die Kinderbuchtrulla konnte ihr gestohlen bleiben. Liebhaben, was?

Thyra versuchte, ihre Lippen von seinen zu lösen, doch er sog sie förmlich auf. Sie versuchte, mit der Klinge zuzustechen, doch wie er sie küsste, raubte ihr die Luft. Wenn sie nur endlich die Lippen frei bekäme und den Verstand.

Holger genoss diesen Kuss, in dem alles lag. Das Versprechen einer neuen Zukunft und einer Vergangenheit mit Sinn. Er fuhr in ihr Haar, griff hinein, führte ihren Kopf im Rhythmus seines Verlangens.

Noch drohte sie ihm mit dem Messer, doch das störte ihn nicht. Wenn sie ihn niedermachen wollte, dann jetzt. Sterben, mit so viel Honig am Mund.

Was trieben die zwei?

„Holger!", rief Jutta. „Nicht."

Eben zerfetzten sich die beiden beinah, doch was jetzt geschah, wog schwerer. Holger, der sich gebärdete wie ein liebeswütiger Teenager - und Thyra warf sich ihm an den Hals, während sie überlegte, wann sie ihn erstach. Nein, das ging nicht!

Zurück mit Thyra in die Kiste und nie wieder heraus, nie wieder! Die Kiste ins Meer werfen. Zur Strafe für den Verrat an ihrer eigenen Autorin.

Sie schnauften wie die Tiere. Holger packte Thyras Brüste, knetete sie grob. Die schwarzen Rosen fielen zu Boden.

Jutta suchte einen Weg, Thyra zu überlisten, sie einzusperren. Das Gestöhne hinderte sie am Denken.

Holgers Hosenstall stand offen, Thyra bearbeitete seinen Schritt. Genug! Es reichte.

Jutta sprengte hinein, packte den Arm, zwang das blanke Metall auf die Frauenkehle.

„Verschwinde, Thyra", sagte Jutta.

„Was?", sagte Holger.

„Zurück in den Käfig. Oder ich stech dich ab", rief Jutta.

„Tu es. Dann ist das Trauerspiel deines Daseins vorbei", flüsterte Thyra.

„Gleichfalls", gab Jutta zurück.

Die Klinge drückte in die Haut.

„Vergiss den Hammel", zischte Thyra. „Das ist weder der Teddybär, für den du ihn hältst, noch der Held, der er gerne wäre."

Jutta zuckte - heißes Blut quoll aus dem Schnitt.

„Stich ihn ab. Wir zwei haben ohne ihn mehr Spaß", flüsterte Thyra. „Das weißt du doch."

Vor Holgers Augen säbelte sich die Frau den Hals blutig, während sie sich selbst beschimpfte. Oder stritten sich zwei Frauen in einer? Sah er im Suff doppelt - wo er doch schon wieder nüchtern war?

Die eine Frau sah er deutlich, betörend schön und durchtrieben, die Brust entblößt. Unscharf Juttas Gesicht dahinter. Doch in Juttas Augen, die sonst so einfältig schauten, als wäre die Welt eine Tüte Gummibärchen - in diesen Augen wuchs eine Kraft, die ihn schaudern ließ.

Und je mehr die Kraft aufglomm, desto mehr verschwamm die Blutrünstige. Sie verlor mit jedem Atemzug Kontur.

Holger musste träumen - aber er hatte die Frau doch geküsst, ihre Lippen geschmeckt, ihren Körper gespürt - jetzt drehte er wirklich durch.

Er sollte ihr - ihnen - ihr - das Messer abknöpfen, mit einer Backpfeife das irritierende Bild zu Klarheit zwingen.

Mit offenem Hosenstall stand er da.

„Vergiss den Idioten, Jutta. Mach dich frei", säuselte die

Wilde, flackerte wieder auf und lachte. „Stich ihn ab und koste das Blut. Du bist viel zu lange brav gewesen."

Es brannte, warme Flüssigkeit kroch über das Schlüsselbein hinunter zur Brust. Der Schmerz belebte Jutta.

„Scher dich zum Teufel!", rief sie. „Sofort!"

Rasch, sie musste die Türe zuschlagen, Thyra verbannen - doch wo war die Tür. Wo war Thyra. Jutta griff nach ihr, konnte sie nicht packen. Thyra zerrann, versickerte, kroch in Juttas Körper hinein. Das Harte, das Kindische, das Wilde fand Juttas Adern und flutete mit dem Blut alles an ihr, verseuchte sie. Das musste aufhören.

Jutta drückte sich das Messer fester an die Kehle. Sie musste schneiden, nicht drücken, es über die Luftröhre ziehen.

„Jutta?" Holger schaute zu ihr auf.

Die Falten, der Haarschnitt, die Leberflecken, alles Jutta. Klar zu erkennen. Doch ihre Augen glitzerten fremd.

„Jutta! Hör auf! Komm zurück."

Sie starrte durch ihn hindurch, rührte sich nicht.

„Jutta, bitte, tu das nicht!"

Sie senkte das Messer, es fiel auf den Altar. Blut auf der Schneide. Juttas Blut. Der Schnitt brannte.

Zitternd setzte sie sich. Der Altar wurde zum Tisch. Stehend überragte Holger Jutta. Sie saß mit seinem Hosenstall auf Augenhöhe. Er sperrte ihn zu, räusperte sich.

Sie sah auf, sah sein erschrockenes Gesicht, die vielen Fragen in seinen Augen. Und seine Angst um sie. Jutta reichte ihm die Hände und er half ihr auf.

So nah voreinander standen sie schon lange nicht mehr. Er

erhitzt und mitgenommen, ein echter, lebendiger Mensch. Ihr sickerte Blut zwischen die Brüste. Sie schauten einander an.

Die Tempelhalle verschwand, nahm die Marmorstufen, die Rosen und das Blut mit fort. Sie standen im Wohnzimmer, in einer Lache Rotwein und einem Scherbenmeer. Auf dem Wohnzimmertisch kein Messer. Das Diktiergerät lag dort, es lief noch. Doch diesmal gab es keine Geschichte abzutippen. Ob es je wieder eine geben würde, wusste Jutta nicht.

Sie trudelte. Fühlte sich merkwürdig - ganz.

„Ich dachte nicht, dass es so echt ist", sagte sie.

„Jetzt sag nicht, du schreibst deine Kinderbücher neuerdings halb nackt - und mit technischen Hilfsmitteln", Holger nickte zum Diktiergerät.

„Nein. Ich fahre gewissermaßen zweigleisig."

„Nicht gerade moralisch korrekt", sagte Holger.

Jutta schwieg.

„Warum hast du nichts gesagt?"

„Ich wusste nicht, wie ich anfangen soll. Und du hättest mich ausgelacht", sagte sie.

Er schaute sie zweifelnd an. Eng standen sie beieinander. Keiner willens, einen Schritt zurückzutun. Oder vor. Sie beobachteten sich, spürten sich, atmeten die gleiche Luft.

Vage erinnerte Jutta sich daran, wie es war, als zwischen ihnen kein Platz für große Geheimnisse war. Als kaum eine Schicht Kleidung zwischen sie passte. Und wie schön es war, mit diesen einen Holger vertraut zu sein, statt ständig auf der Hut. Der Druck, unter dem sie so lange stand, verflog.

„Du, Holger?"

„Hm."

„Meinst du ... meinst du, wir können das noch?"

„So, wie ich dich jetzt kenne?"

„Ja."

Er wischte sich über die verschmierten Lippen, sein Gesicht bewegte sich, unentschlossen einen Ausdruck anzunehmen. Sein Blick huschte, als suchte er nach einer Fernbedienung.

So weit kam es noch! Sie schloss den Spalt zwischen ihnen, schlang die Arme um Holgers Hals, drängte sich an seinen Körper, besudelte ihn mit Blut. Er presste sich an sie.

„Schreiben wir unsere Geschichte neu?", fragte sie an seinem Hals.

„Unbedingt! Gleich hier?"

„Wo sonst?"

Als Jutta auf dem Sofa aufwachte, lag sein Kopf an ihrer nackten Brust. Er musste die Vorhänge aufgezogen haben und die Morgenluft hereingelassen. Alt war er geworden, ganz grau, doch das machte nichts. Sie lächelte, streichelte ihm über die letzten Haare. Er tastete über ihre Hüfte, die Taille hinauf.

Jutta schloss die Augen und spürte hin. Wartete, was als Nächstes geschah, bereit für alles oder nichts.

Holger strich über ihre Brust, legte die Hand um die Rundung. Jede Berührung so intensiv, wie neu.

Die Nacht hatte alles verändert. Nichts musste mehr so bleiben, wie es seit dreißig Jahren war. Selbst ihr Mund fühlte sich an, als kräuselte er sich nicht mehr, seit die Lippen kein Gefängnis mehr bewachten. So viele Möglichkeiten standen offen.

„Du?", sagte Jutta. „Was würdest du sagen, wenn ich mir die Haare färben lasse. Vielleicht ..."

„Rot?"

„Vielleicht ..."

„Unter einer Bedingung", sagte Holger betont streng.

„Du stellst Bedingungen?", fragte sie, taste auf den Boden,

bekam etwas zu fassen und hielt den Pantoffel drohend an Holgers Hals. Wie kam der Wicht dazu, Forderungen zu stellen, statt sich dankbar für ihr Vertrauen zu zeigen?

Er lachte.

„Sag, was willst du!"

„Nie wieder Nachrichten schauen", sagte er.

„Was?", rief sie.

„Ich fahre auch zweigleisig."

„Sag bloß -" In ihrer Hand änderte der Pantoffel die Gestalt, Wut peitschte durch ihre Adern. Thyras ungezügeltes Vermächtnis wallte auf.

„Zuhause stelle ich euch einander vor", sagte Holger und zwinkerte.

„Hast du etwa -" Metall blitzte an seinem Hals. Noch ein falsches Wort und sie vergaß die neue Einigkeit.

„Nie im Leben!", sagte er.

„Sag es."

„Ich bin dir treu, Jutta. Pantoffelhelden gehen nicht fremd."

Langsam nahm Jutta die Klinge von seiner Kehle.

„Das leuchtet ein."

Sie lachte trocken, ließ das Messer los. Der Pantoffel schlappte auf den Boden.

„Was ist es dann? Du kannst mir dein Geheimnis doch anvertrauen", sagte sie honigsüß.

„Ein E-Book-Reader."